黔东民歌集

徐蕾 谭端银 主编

九州出版社
JIUZHOUPRESS

图书在版编目（CIP）数据

黔东民歌集/徐蕾，谭端银主编．--北京：九州
出版社，2019.12
　　ISBN　978-7-5108-8928-8

　　Ⅰ.①黔…　Ⅱ.①徐…　②谭…　Ⅲ.①民歌—作品集
—黔东南苗族侗族自治州　Ⅳ.①I277.273.2

　　中国版本图书馆 CIP 数据核字（2020）第 019527 号

黔东民歌集

作　　者	徐　蕾　谭端银　主编
出版发行	九州出版社
地　　址	北京市西城区阜外大街甲 35 号（100037）
发行电话	（010）68992190/3/5/6
网　　址	www.jiuzhoupress.com
电子信箱	jiuzhou@jiuzhoupress.com
印　　刷	北京九州迅驰传媒文化有限公司
开　　本	710 毫米×1000 毫米　16 开
印　　张	7
字　　数	112 千字
版　　次	2020 年 6 月第 1 版
印　　次	2020 年 6 月第 1 次印刷
书　　号	ISBN　978-7-5108-8928-8
定　　价	68.00 元

《黔东民歌集》
编辑委员会

顾　　问：黄国刚　冉启强

执行顾问：刘平辉　张延舟　龙树腾

主　　编：徐　蕾　谭端银

编　　委：刘　佳　田　露　姚华莎　刘美矞

序

    黔东地区位于贵州省的东北部、武陵山区的腹地，东邻湖南省怀化市，北与重庆市接壤，享有黔东门户的美誉。该地区包含碧江、万山、江口、石阡、思南、德江、松桃、玉屏、沿河九个区县。聚居着土家、苗、侗、仡佬等二十九个少数民族，这里山青水秀，民俗文化特色鲜明，特别是土家、苗、侗、仡佬等少数民族民歌旋律十分优美，内容丰富多彩，在贵州省和全国都有一定的影响，不少歌曲在省内外广为传唱，深受群众的喜爱，在多彩贵州歌唱大赛、全国青年歌手歌唱大赛、金钟奖声乐大赛等重大赛事中，都能听到黔东民歌优美动人的旋律。

    多年来，为了使黔东民歌能够不断地发扬光大，在广大青少年学生中更好地普及传唱，徐蕾同志在搞好教学工作的同时，与谭端银等同事一起深入到碧江、万山、江口、石阡、思南、德江、松桃、玉屏及沿河的土家、苗、侗、仡佬等乡镇采风，在整理收集黔东民歌上做了大量的工作，她们从该地区数万首民歌中精选出流传较广、旋律优美、代表性强的歌曲共 145 首，编写出版了这本《黔东民歌集》。其内容包含山歌 58 首、小调 67 首、劳动号子 20 首。这本《黔东民歌集》的出版不仅为广大音乐爱好者提供了演唱学习上的方便，同时也为学校音乐教育教学提供了一本极为实用的乡土教材，使学校的音乐教学改革突出地域性的特点，为黔东民歌的传承打下坚实的基础。最后，希望这本《黔东民歌集》的出版能受到省内外音乐爱好者和专家同仁的喜爱，祝徐蕾、谭端银同志今后的教学和科研工作收获更多更好的成果。

邬小中

2020 年 2 月 25 日

目　录

小调类

劳动号子

山歌类

太阳出来坡背坡

演唱：王仁相

记录：田贵忠　王纯孙

沿河民歌

1=G 2/4
♩=78

5̣ 5̣· | 3/4 6̣6̣ 2 - | 2/4 2̣2̣ 6̣1̣2̣ | 2 - | 2̣6̣ 5̣4̣ | 2̣0̣0̣ | 6̣6̣ 6̇1̣2̣ |
太阳　　出来(呀)　坡背(吡嘿哎)　坡(哎)，　　我来唱首

3/4 4̣ 2̣·216̣ | 2/4 6̣6̣1̣6̣ | 5̣ 5̣ - | 0 0 2̣3̣5̣ | 3/4 5̣3̣2̣ - |
扯(呀)　谎(呵)　歌(呵)。　　河里(吡)　石头(哎)

6̣6̣ 2 - | 2/4 1̣6̣ 5̣4̣ | 2̣0̣0̣ | 6̣6̣ 6̣1̣2̣ | 3/4 4̣ 2̣·216̣ | 2/4 6̣6̣1̣6̣ | 5̣ - ‖
往上(哎)　滚(嘞哎)　屋里灯草　打(呀)　破(呵哈)　锅。

山歌好唱口难开（一）

演唱：田景恒

记录：田贵忠　王纯孙

沿河民歌

1=A 2/4
♩=84

1̇ 1̇ 6̣ 1̇ | 6̣6̣ 5̣ | 1̇ 6̣ 1̇ 6̣ | 2̇ - | 2̇ 1̇ 1̇6̣5̣ | 5̣ 0 |
山歌(哎)　好唱(哎)　口难(哩哟)　开(哟)　喂，
(1̇ 6̣)　　　　(6̣ 6̣)　　　　(1̇ 1̇6̣5̣)
大米(吡)　好吃(噢)　口难(哩哟)　办(嘞)　哎，

6̣6̣ 1̇2̇ | 1̇1̇ 1̇6̣ | 1̇2̇ 1̇6̣5̣ | 5̣ - | 2̇ 1̇6̣5̣ | 5̣ - 3/4 ‖
林檎[①](嘞)　好吃哎(哎)　树难(哩啰)　　栽　(哎)，
(2̇ 6̣)　　(1̇ 1̇2̇ | 1̇ 6̣)
鲜鱼(吡)　好吃(就)　网难(哩啰)　检　(噢)。

注：① "林檎"，即花红，一种水菜。

山歌好唱口难开（二）

演唱：张加彩

记录：田贵忠　王纯孙

1=F 2/4

♩=96

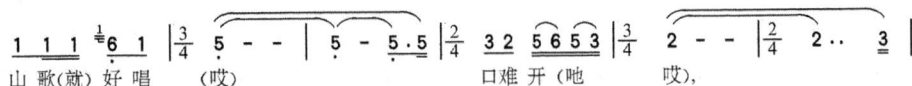

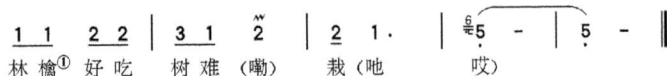

附词：大米好吃田难办，鲜鱼好吃网难拴。

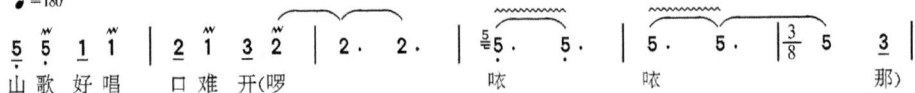

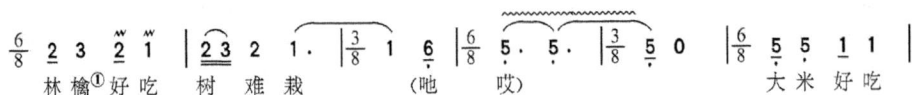

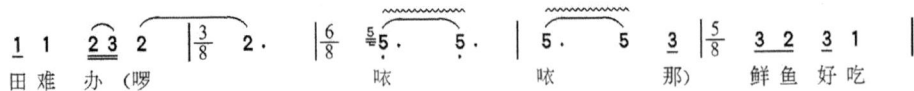

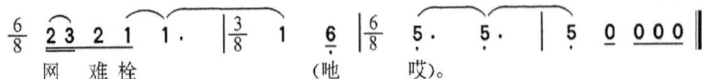

注：① "林檎"，即花红，一种水菜。

山歌好唱口难开（三）

演唱：张加蓉

记录：田贵忠　王纯孙

沿河民歌

1=F 6/8

♪=180

注：① "林檎"，即花红，一种水菜。

人不唱歌不宽怀

演唱：张加蓉

记录：田贵忠　王纯孙

沿河民歌

1=F 4/4

稍自由 高亢地

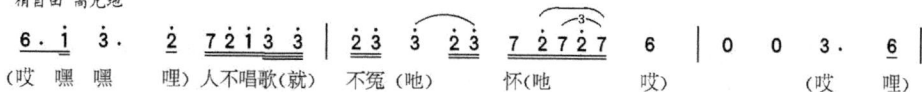

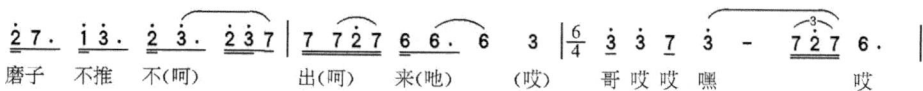

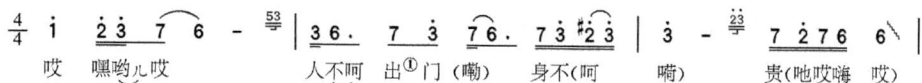

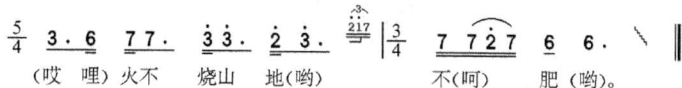

（哎 嘿 嘿 哩）人不唱歌（就）不宽（吧）怀（吧 哎）　（哎 哩）

磨子 不推 不（呵）　　出（呵）来（吧）　（哎）哥哎哎嘿　　哎

哎 嘿哟儿哎　　　人不呵 出①门（嘞）身不（呵 嗬）　贵（吧哎嗨 哎

（哎 哩）火不 烧山 地（哟）　　不（呵）　肥（哟）。

注：①"出"沿河方言读 giá.

娇不抬头看风流

演唱：陈立坤

记录：田贵忠　王纯孙

沿河民歌

1=♭D 2/4

♩=90

清早（噢嗬）起来（呦）　撵（呦）个（里）牛①　（闪悠 啰嗬 嗬 嗨　闪悠 啰嗬 嗬 嗨）

背个（噢嗬）背兜（哎）　撵（哎）个（唉）（哎 嗨 哟 嗨 哟　哎 嗨 哟 唉）

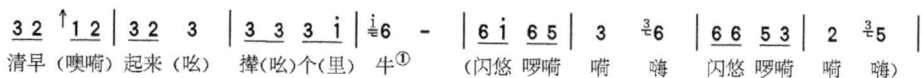

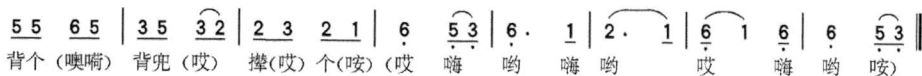

附　词：牛不抬头吃嫩草，娇不抬头看风流。

注：①"撵个牛"，在演唱中系"冷飕飕"之误。

高山顶上有丘田

演唱：樊吉万

记录：田贵忠　王纯孙

沿河民歌

1=F 2/4

♩=72

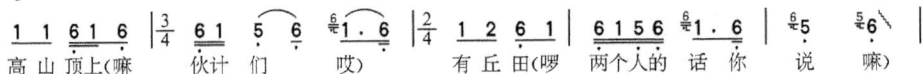

高山 顶上(嘛　伙计们　哎)　　有丘田(啰　两个人的 话你 说 嘛)

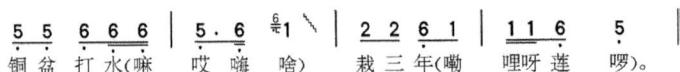

铜盆 打水(嘛　哎 嗨 啥)　栽三年(嘞　哩呀 莲　啰)。

附词：栽了半年吃大米，只想玩耍过荒年。

太阳出来照白岩

演唱：田应良

记录：田贵忠　王纯孙

沿河民歌

1=C 5/8

♪=132

太阳出来　照白岩 (呀 哝　哪),金花银花　朵朵 开　(吧)

金花银花　郎不爱 (呀 哝)　我　只要情妹　好　人材　(吧哎)

大田栽秧行对行

演唱：田仁兴

记录：田贵忠　王纯孙

沿河民歌

1=♯F 3/4

♩=72 高亢地 稍自由

（领）

（哎 哎嗨 哝）

大田栽秧（噢 噢）

（噢 噢噢

（哎 哝）

行 对 行（噢 噢）

噢）

（哎）

这山望去那山高

演唱：田茂华

记录：田贵忠　王纯孙

沿河民歌

1=D 2/4

♩=78

这山望去 那①山高（哎）， 那山姑娘 拣柴 （哎） 烧（哎），

那年那月 同 到（哩）我②， 柴不拣来 水不（哎） 挑（哎）。

注：① "那"，方言读 伲。

② "同到我" 既 "跟着我"。

单身歌

演唱：陈秀凉

记录：陈小勇

沿河民歌

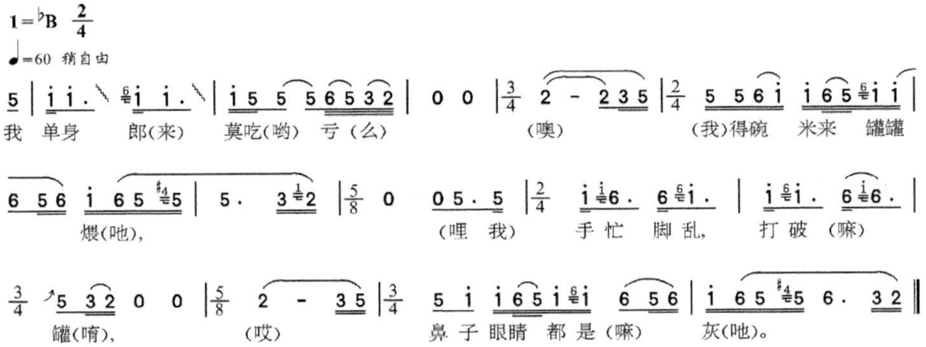
1=♭B 2/4
♩=60 稍自由
我 单身 郎(来) 莫吃(哟) 亏(么) (噢) (我)得碗 米来 罐罐
煨(吔)， (哩 我) 手忙 脚乱， 打破 (嘛)
罐(唷)， (哎) 鼻子眼睛 都是(嘛) 灰(吔)。

歌曲说明：本歌用高腔演唱。

后悔歌

演唱：张老芶

记录：陈小勇

松桃民歌

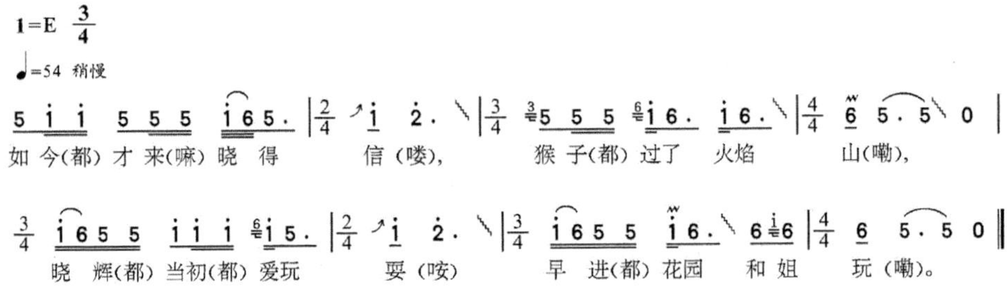
1=E 3/4
♩=54 稍慢
如 今(都) 才 来(嘛) 晓 得 信(喽)， 猴 子(都) 过了 火焰 山(嘞)，
晓 辉(都) 当初(都) 爱玩 耍(咹) 早 进(都) 花园 和姐 玩(嘞)。

麻叶打炮响叮当

演唱：姚鹏

记录：邓祖纯　邓承群

松桃民歌

1=D 2/4

♩=108

麻叶 打炮　响叮 当，　　不知 炮竹　落哪 方，　　哪人 拣得(我) 炮竹 去(吧)，

炮竹里面　有文 (嘞)　章　(嘞)。

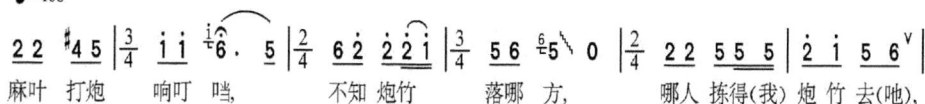

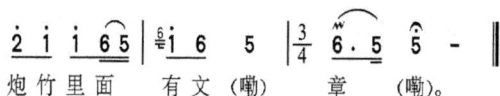

取蜜误捅马蜂窝

演唱：唐老凤

记录：陈小勇

译配：麻光忠

松桃民歌

1=B

♩=52 稍慢 自由地

(Yi　ai　ao) wu lao lang shao bu (wu lai),　　xi yu ya gao lan en (ao)　bai jia a

gi (ao)　xi ru ya jiong ba　jinian (ao), (ao)　chu ji yu (a)　ei gao

bai ji liang mai jia wan cu (a　ao)

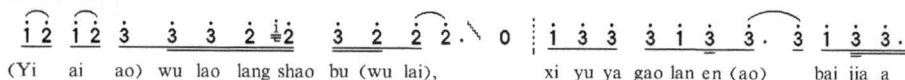

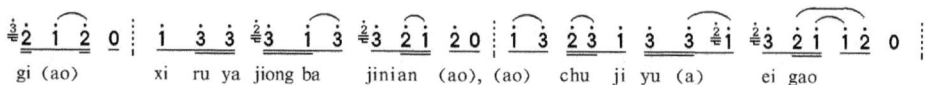

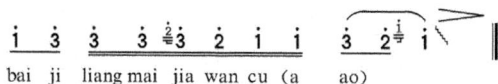

歌词意译：你的歌儿已经唱了很久了，既回顾以往也谈论今朝，我傻乎乎地听着，不知如何是好。

还没出声脸就红了

演唱：彭秀江

记录：邓祖纯　邓承群

整理：李惟白

松桃民歌

1=♭B　2/4

♩=66 稍自由

du wan dao di　pu man dao hen (yi　yo)　　　yin hen (yo),

di sei (yo)　　　(en)ao san dao yao wen　ya sou la hen (yo)　(a)

ao (ao) nao dang lan (ou)　le ao san　(a) ao (ao) mo fa zen (yo ou)

歌词意译：久不唱歌忘记歌，我要唱歌口难动；久不唱歌难开口，还没出声脸就红。

就像看见茅叶针

演唱：麻文兴（苗）

记录：邓祖纯　邓承群

整理：李惟白

松桃民歌

1=D　5/8

♩=66 稍自由

(hen) tu ge yi cen　a ge lan　a ren yang yang di dong lou di　ban mu ruo

a lai jie tu　suo fa　(luo) a kua dian gan gan ga mei (ou)

歌词意译：难得看见你，就是难得见到你。今天我得看见你，就像看见茅叶针[①]。

注：①"茅叶针"，巴茅草的嫩叶心儿，用以比喻美好的东西。

意知鸟

演唱：唐榴英

记录：陈小勇

译配：麻光忠（苗）

松桃民歌

歌词意译：

倘若不知你可以认真听，认真听我把歌吟。

意知鸟在密林深处展歌喉，不信可到前面看分明。

她时而落在桃树上，时而又住李山行。

若你为她吃尽苦头，仍遭冷遇要耐烦。

只要经得起考验，你便会赢得她的心。

侗乡无处不飞歌

演唱：吴绪忠（侗）

记录：毛之涛

玉屏民歌

1=A 6/4

♩=78 稍自由

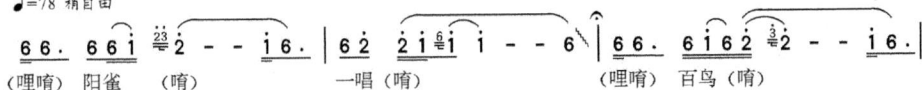

（哩唷）阳雀（唷）　　　　一唱（唷）　　　　（哩唷）百鸟（唷）

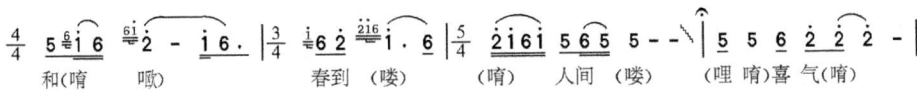

和（唷 哦）　　　　春到（喽）　　（唷）人间（喽）　　（哩 唷）喜 气（唷）

（哦）多（哦）　　（哩唷）继续（嗬）（哦）（唷）　　长征（喽 唷）　　号角（唷）

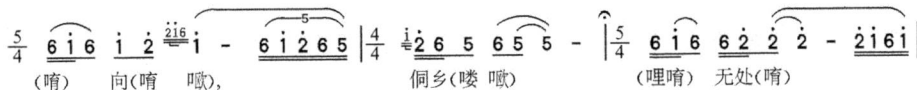

（唷）向（唷 哦），　　　　侗乡（喽 哦）　　　　（哩唷）无处（唷）

不飞（呃）　　（唷）歌（咪哟 哝哟　　哟　　哝哟）。

歌曲说明：曲中小节线上的"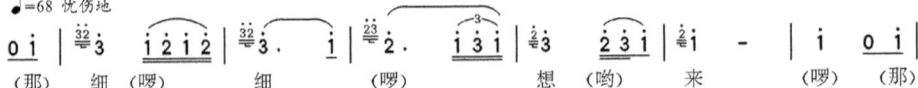"记号均系演唱中因换气而做的轻长的自由停顿。

细细想来

演唱：李云仙（侗）

记录：毛之涛

玉屏民歌

1=D 2/4

♩=68 忧伤地

（那）细（啰）　细　　（啰）　　想（哟）来　　（啰）　（那）

真（嘞）不（嘞）可（呵嘞）；（啰）世（啰）
间（啰）为人（哪呵）只（嘞）有（嘞）
我（嘞）（呵）真（嘞）亏（呀）
苦（呵嘞）多（嘞呃）；看那（呵）到（呵）（嘞）
人（嘞）家（呀啰）想（嘞咳）到（嘞）我（嘞）
手（嘞）抹（呀啰）眼（嘞）泪（嘞）心里
头（哇）落（哦）。

天上星多月不亮

演唱：张学林

记录：毛之涛

玉屏民歌

1=♭B　3/8

♪=186

（你那）天上（你就）星金（你就）月不亮（哎），（你那）塘中（那）鱼多（是）
水不光（哦）；（你那）朝中（你那）管多（你就）讲那没揽
事（喽，那）姐的（呃）伴多（是）没览（啰）郎（啰）。

插秧歌

演唱：杨来弟

记录：毛之涛

玉屏民歌

1=F 6/8

♪=190 稍自由

大田大坝 水汪汪，(你那) 口唱山歌 (哪) 手插

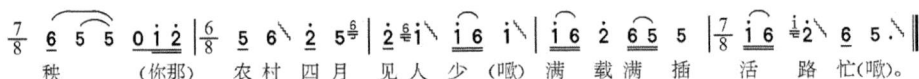

秧 (你那) 农村四月 见人少 (哎) 满载满插 活路忙(哎)。

附词：

| 菜花歌 | 上工歌 | 打谷歌 |

菜花歌

菜籽开花黄又黄，
拖拉机来进农庄。
机器一响泥巴翻，
百亩田土起黑浪。

上工歌

雄鸡咯咯叫天明，
男女社员出工勤。
出工勤来上工早，
生活竞赛情绪高。

打谷歌

一棵竹子生得齐，
砍得竹子编围蓆。
围蓆打谷办法好，
多收一粒得一粒。

清明歌

清明时节活路忙，
集体生产实在强。
社里装起抽水机，
块块稻田水汪汪。

丰收歌

鸡叫天亮就起床，
磨快镰刀下田庄。
收罢油菜收小麦，
合作带来粮满仓。

歌曲说明：这五首山歌与前面两首（即《选种歌》《插秧歌》）是一组反映农事生活的劳动歌曲，故一并收编。

选种歌

演唱：杨来弟

记录：毛之涛

玉屏民歌

1=F 3/8

♪=190 稍自由

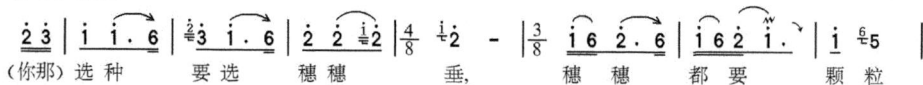

(你那)选种 要选 穗穗 垂, 穗穗 都要 颗粒

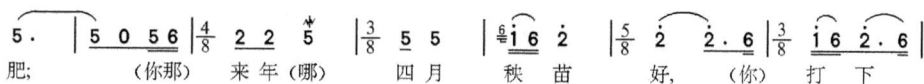

肥; (你那) 来年(哪) 四月 秧 苗 好, (你) 打 下

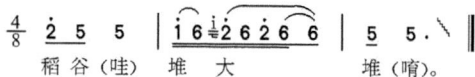

稻谷(哇) 堆 大 堆(唷)。

三个斑鸠

演唱：杨修书

记录：强健

印江民歌

1=F 2/4

♪=66

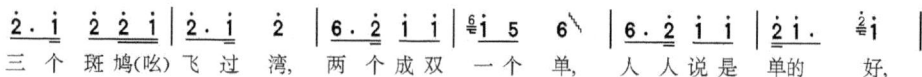

三个 斑鸠(吆)飞过 湾, 两个 成双 一个 单, 人人 说是 单的 好,

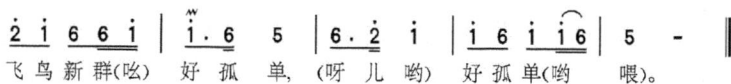

飞鸟 新群(吆) 好孤 单, (呀儿哟) 好孤 单(哟) 喂)。

请　神

演唱：周心锦　周心彩

记谱：邓光华

录音：史展尤　刘行智

思南民歌

1=E 2/4

♩=84

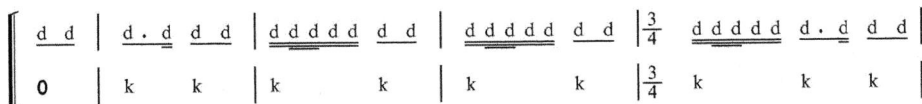

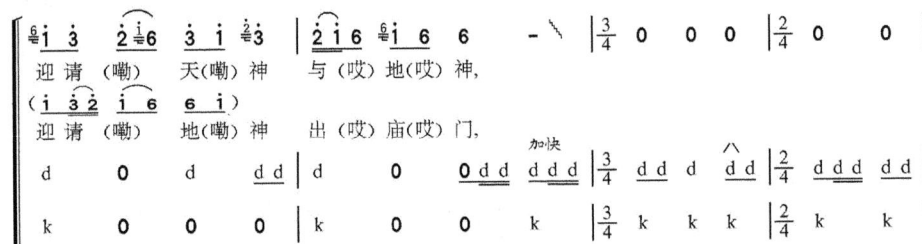

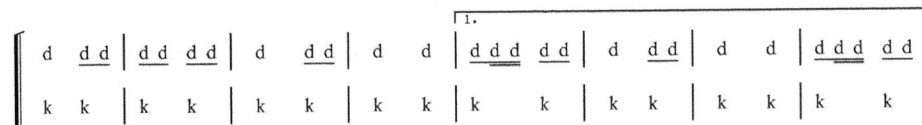

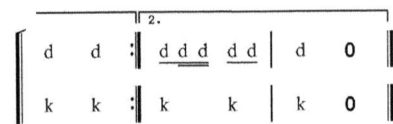

乐曲说明：曲中小鼓"d"上有"八"记号者为闷击。

清早起来露水高

演唱：张广全

记谱：邓光华
录音：刘朝生
思南民歌

1=D 2/4
♩=84

清早(呀哈) 起(呀嗬)来(哟) 露水 (呀 呵) 高(呀嗬)，(呀 嗬悠嗬 悠呀哝呀嗬)

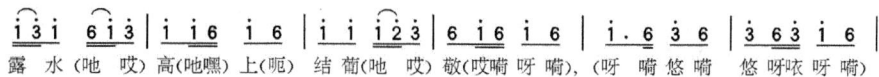

露 水 (吔 哎) 高(吔嘿) 上(呃) 结葡(吔 哎) 敬(哎嗬呀嗬)，(呀 嗬悠嗬 悠呀哝呀嗬)

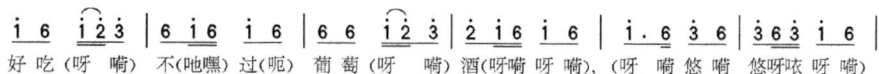

好吃(呀嗬) 不(吔嘿) 过(呃) 葡萄 (呀 嗬) 酒(呀嗬呀嗬)，(呀 嗬悠嗬 悠呀哝呀嗬)

好耍(哩) 不 过(呢) 少年(哩)郎(呵 呀哝呀 嗬)。

芝麻三匹叶

演唱：张广全

记谱：邓光华 刘朝生
录音：刘朝生
思南民歌

1=C 2/4
♩=78

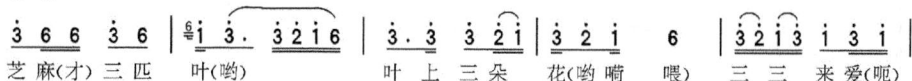

芝麻(才)三匹 叶(哟) 叶上三朵 花(哟嗬 喂) 三三 来爱(呃)

九, 二(里)九一十 八(呀哈 嗬)，(沙耶哈哟嗬 沙那哈哟嗬

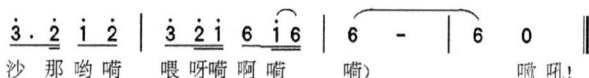

沙那哟嗬 喂呀嗬啊嗬 嗬) 啾吼!

张郎打闹李郎接

演唱：田应升　田景兵

记谱：刘朝生录

音：史展尤

思南民歌

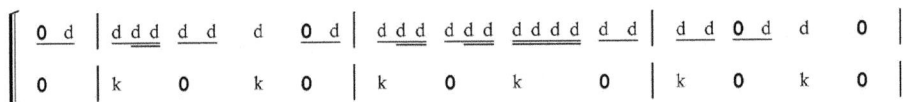

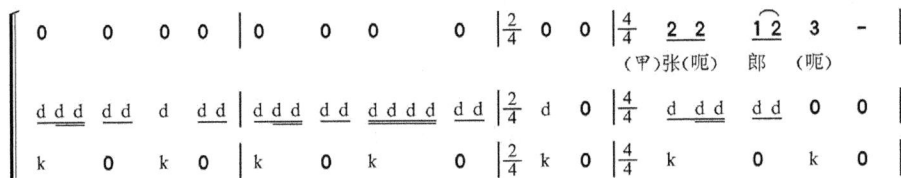

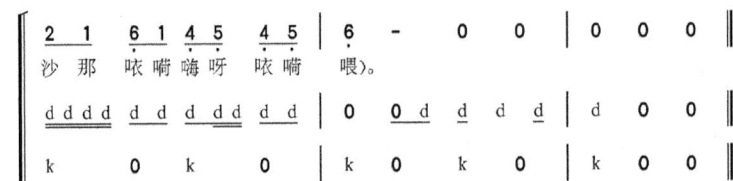

好个阴凉树

演唱：田应生　田景兵

记谱：刘朝生

录音：史展尤

思南民歌

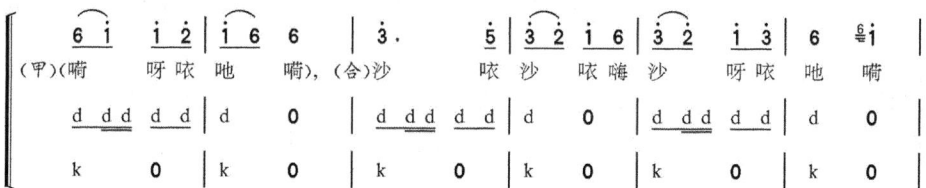

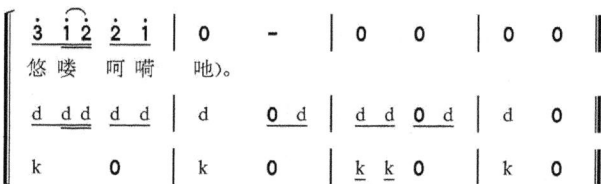

注：① "挖"，方言读 wà。

依依子

演唱：周心锦　周心珍

记谱：邓光华

录音：史展尤　刘行智

1=G 2/4

♩=72

（甲）八 仙 过 海（哦

噯 洋 哝）（乙）（哝 呀 噯 洋 哝）（甲）各 显 神 通（嗬 悠 嗬，　塞 号 嘞）

（乙）（嗬悠儿嗬 塞 号 嘞）（甲）（哝 呀 吼）（乙）（哝 呀 吼）（合）（哝呀哝 呀吼 哝 悠 塞吼

塞 吼 喂 塞 吼 喂 塞 吼 喂 塞 吼 乃 嗬嗬 吔嗬 悠

嗬 悠 嗬悠 塞 号 嘞）

送太阳

演唱：张广全

记录：邓光华 汤 岳

思南民歌

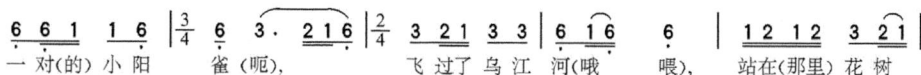

一对(的)小阳 雀(呃), 飞过了乌江 河(哦 喂), 站在(那里)花 树

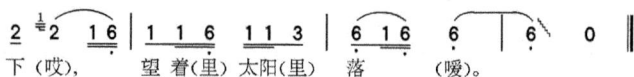

下(哎), 望着(里)太阳(里)落 (嗳)。

太阳要落坡

演唱：张翔伍

记谱：邓光华 刘朝生

录音：刘朝生

思南民歌

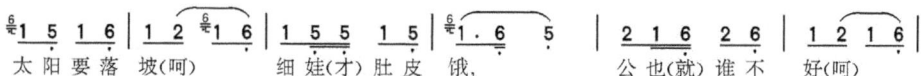

太阳要落 坡(呵) 细娃(才)肚皮 饿, 公也(就)谁不 好(呵)

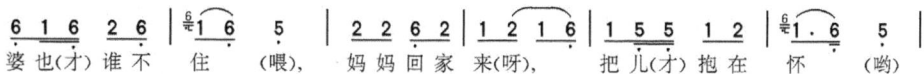

婆也(才)谁不 住 (喂), 妈妈回家 来呀, 把儿(才)抱在 怀(哟)

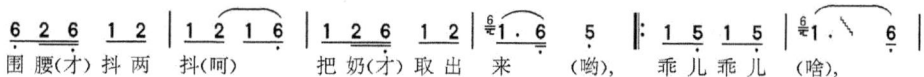

围腰(才)抖两 抖(呵) 把奶(才)取出 来 (哟), 乖儿乖儿 (啥),

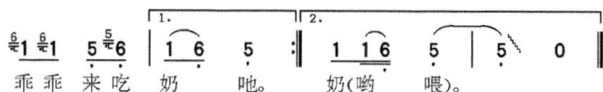

乖乖来吃 奶 吧。 奶(哟)喂)。

慢打慢薅锣鼓相交

演唱：温时豪　温时清

记谱：刘朝生

录音：史展尤

思南民歌

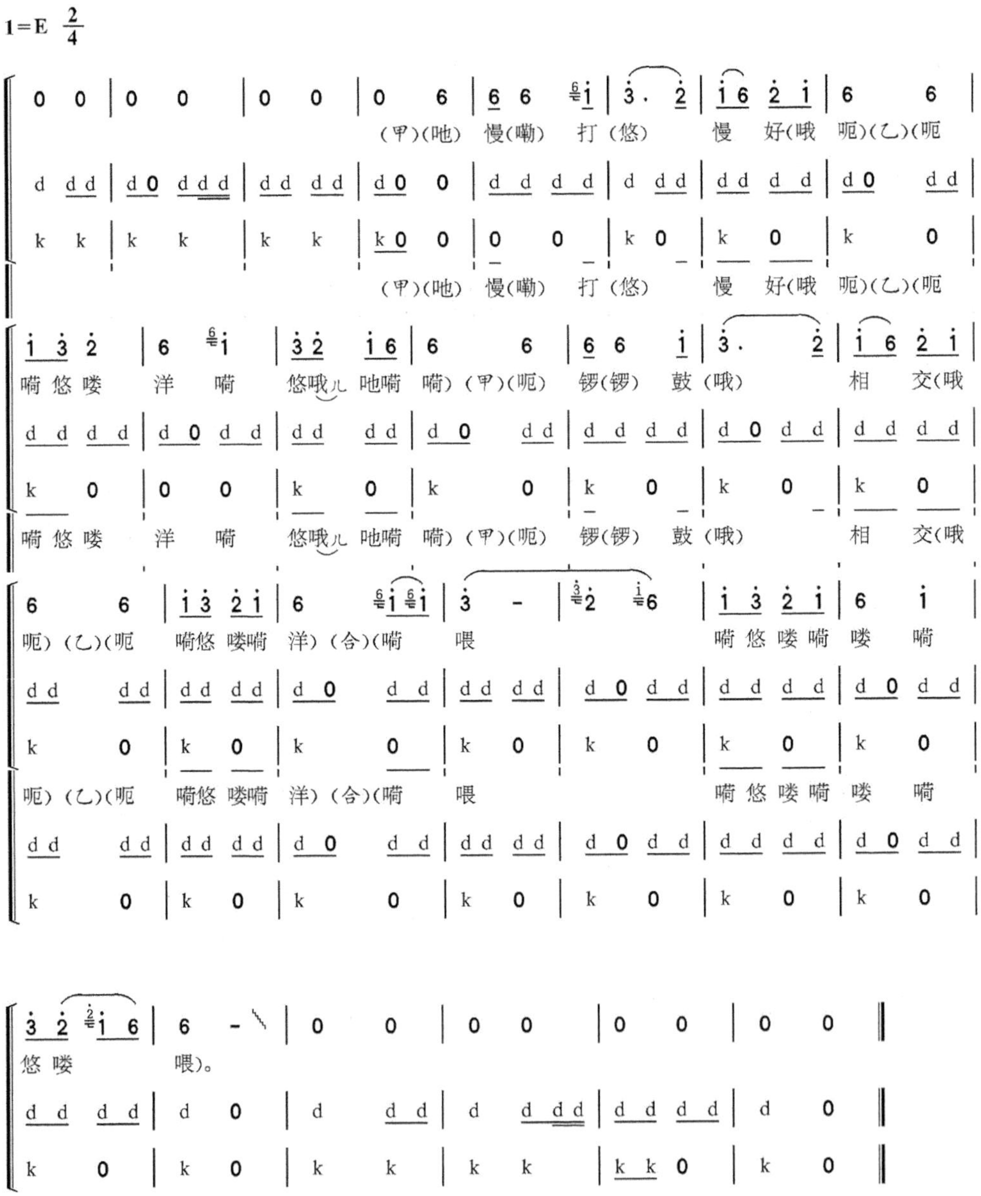

山歌好唱难起头

演唱：汪正齐

记谱：朱体惠

录音：夏西华

石阡民歌

1=D 2/4

中速

山歌(就)好唱 难起(哟)头(呵)，木匠(就)难起 转角(呵)楼，

(呵)石匠(就)难打 石狮(哦)子(呵) 铁匠(就)难打 铁绣 球。

探花之人想鞋穿

演唱：安源华

记谱：朱体惠

录音：郑一帆

石阡民歌

1=F 2/4

♩=92 稍自由

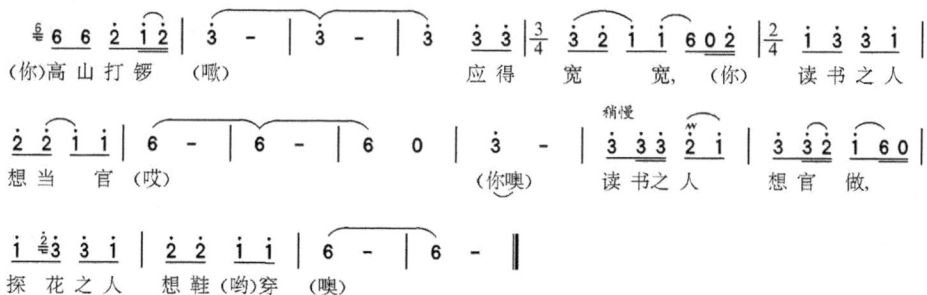

(你)高山打锣 (噢) 应得 宽 宽，(你) 读书之人

想当 官 (哎) (你噢) 读书之人 想官 做，

探 花之人 想鞋(哟)穿 (噢)

伙计们

演唱：梁伍朝等

记谱：朱体惠

录音：夏西华

石阡民歌

1=C 2/4

♩=76 中速

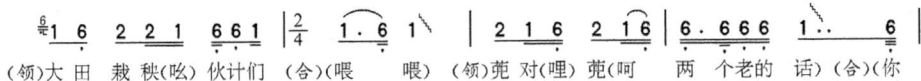

(领)大田 栽秋(吆) 伙计们 (合)(喂　喂) (领)茆 对(哩) 茆(呵 两 个老的 话) (合)(你

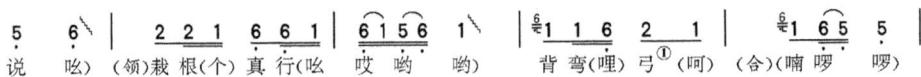

说 吆) (领)栽根(个) 真行(吆) 哎哟 哟) 背弯(哩) 弓①(呵) (合)(嗬啰 啰)

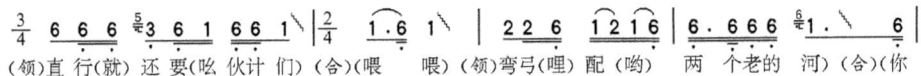

(领)直行(就) 还要(吆 伙计们) (合)(喂　喂) (领)弯弓(哩) 配(哟) 两 个老的 河) (合)(你

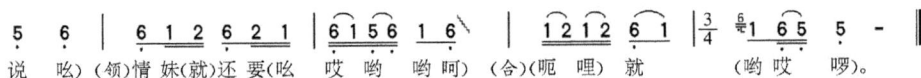

说 吆) (领)情妹(就)还要(吆 哎 哟 哟 呵) (合)(呃 哩) 就 (哟哎 啰)。

注：① "弓"，方言：形容腰弯得像箭一样。

去长安

演唱：李正莲

记录：朱体惠　蔡飞燕

石阡民歌

1=E 2/4

♩=80 稍自由

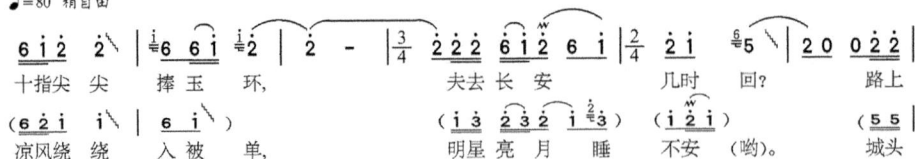

十指尖尖 捧玉环，　　　夫去长安　几时 回？　路上

凉风绕绕　入被 单，　　明星亮月睡 不安 (哟)。　城头

稍慢

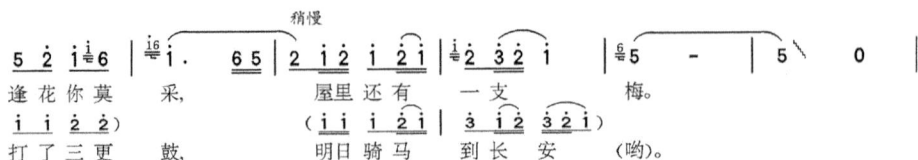

逢花你莫 采，　屋里还有 一支 梅。

打了三更　鼓，　明日骑马 到长安 (哟)。

风吹绫缪好歇凉

演唱：吴家成　白玉杰

记谱：朱体惠

录音：夏西华

石阡民歌

1=D 2/4

♩=80 中速

(甲)大田栽秧(吆)　行(哟)对　行(哟喂)　(乙)行(啰)对　行(啰喂)

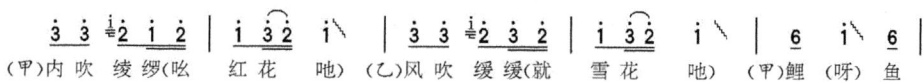
(甲)内吹绫缪(吆　红花吔)(乙)风吹缓缓(就　雪花吔)(甲)鲤(呀)鱼

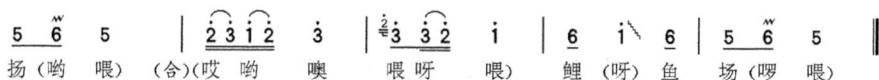
扬(哟喂)　(合)(哎哟　噢　喂呀喂)　鲤(呀)鱼场(啰喂)

附词：鲤鱼场内好洗澡，风吹绫缪好歇凉。

情妹黄黄欠小郎

演唱：杨智胜

记谱：朱体惠

录音：李秋蓉　李学琴

石阡民歌

1=C 2/4

♩=90 稍自由

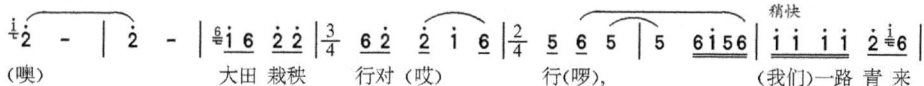
(噢)　大田栽秧　行对(哎)　行(啰),　(我们)一路青来

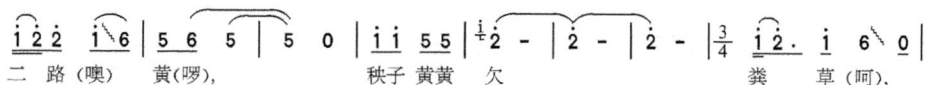
二路(噢)黄(啰),　秧子黄黄欠　粪草(呵),

情妹(哩)黄黄欠小(哎)　郎(呵)。

要孃丝帕搭桥来

演唱：王洪杰

记录：夏西华

石阡民歌

```
1=B 2/4
♩=104 稍自由

5 5 5 5 | 5. 3 2 | 5 2 | 3 2 | 2 3 | 1 2 | 6 5 | 6 2 2 | 2 3 | 1 2 | 6 | 5. 6 |
眼 望 情 娘（哟）  站 排（吔） 排（哪 吔）， （哎）哥 在（哪 哩）这  山（吔）
要 娘 带 子（哟）  做 桥（吔） 墩（哎 哟）， （嗬）要 娘（哪 哩）丝  帕（吔）

2 2 2 3 | 1 2 6 5 | 5 1. | 1 - | 0 0 5 : | 5 1. | 1 - |
                                            1.              2.
无（哎）  路  来（吔）。          （呵）来（哟）。
搭（哎）  桥  （呵 嗬）
```

情姐下河洗衣裳

演唱：毛承翔

记谱：朱体惠

录音：郑一帆

石阡民歌

```
1=bD 2/4
♩=78 节奏自由

2 5 5 2 | 3/4 2 3 - - | 5 6 5 3 | 5. | 2/4 5 6 1 3 2 1 | 3/4 1 - - | 2/4 3 1 2 3 |
情 姐 下 河（哎）  洗 衣 裳（哎）                                            双 脚 踩 在

1 2 - | 2 2 1 2 3 0 | 1. 2 3 | 2 1 6 5. | 3/4 3 - - |
        石   梁 梁（哎）。
```

附词：手拿棒槌朝天打，两眼观看少年郎。

棒槌打在妹指拇，痛就痛在郎心上。

半路正撞情哥哥

演唱：毛承翔

记谱：朱体惠
录音：郑一帆
石阡民歌

1=C 2/4

♩=92 稍自由

太阳出来（呵）照半岩（呀呵）金花银花
（哎）对对开（哟）

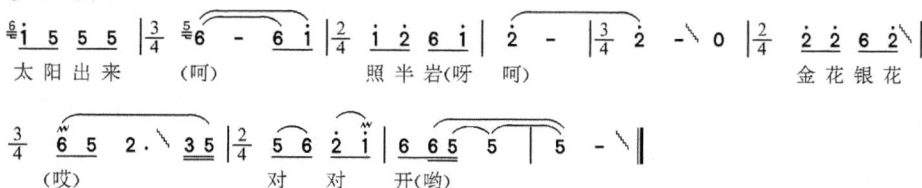

附词：金花银花我不要，专爱情妹好人材。
太阳出来照半坡，半路正撞情哥哥。
情哥手提茶和酒，双手捧起情妹唱。

大田栽秧

演唱：毛承翔

记谱：聂孝光
录音：郑一帆
石阡民歌

1=C 2/4

♩=68

大田栽秧行对（哎）行（呵），（噢吹 呵吹）中间（哪里）
栽个（就）鲤鱼（呀）场（哎），鲤鱼场内好洗（哎）澡
（呵），桂花（哪里）树下（又）好歇（哎）凉（哎）。

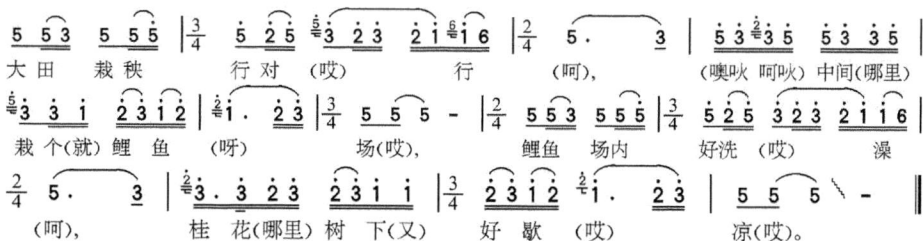

附词：大田栽秧行对行，捡个螺丝往上丢，螺丝晒得大张口，
情哥晒得汗水流。大田栽秧根根亮，颗颗汁水湿衣裳，
汗水湿衣有人洗，情妹来帮情哥忙。

采花调

演唱：杨兴祥　杨宗宝

记谱：蔡飞燕　朱体惠

录音：蔡正国　蔡飞燕

石阡民歌

1=B　2/4

♩=76

（谱例：采花调简谱旋律）

（呵）正月 过春（哟） 好唱 花（哟 花轿 姐） （哦嗬 喂

花轿 姐 呵）新官 上任（就）坐旧 衙（哟 哎）， （锦绣 花儿 开 哎

哎 哎嗬 哎 嗨呀 哟 吧嗬 吧） D.S. D.C.

附词：十八清官来上任，十盘炮竹九盘花。二月逢春好唱花，后园新笋正发芽。十八大姐去打笋，梳起盘龙好戴花。

黄花朵朵开

演唱：杨兴祥　杨祖顺

记谱：朱体惠

录音：蔡飞燕　李学琴

石阡民歌

1=G 2/4

♩=76

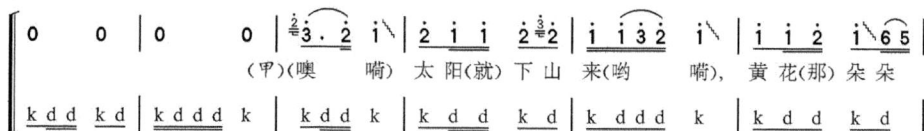

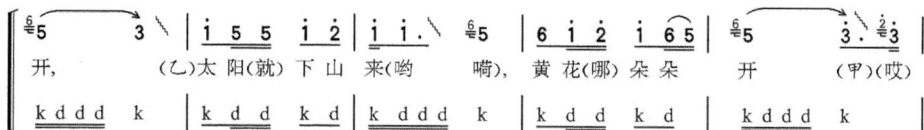

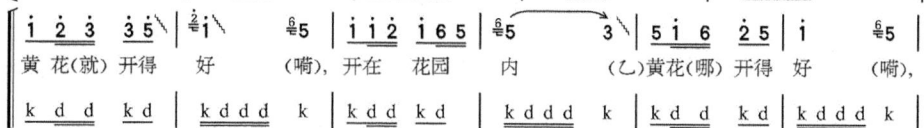

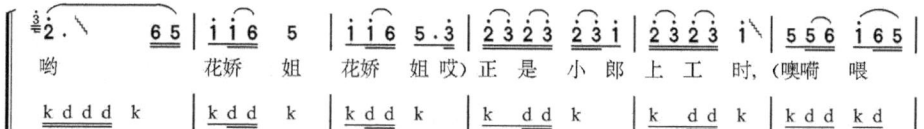

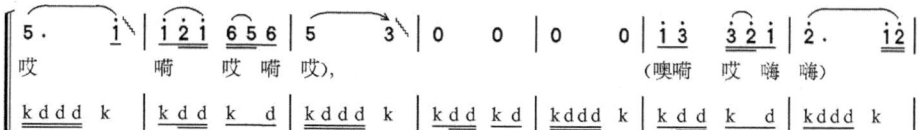

见花不摘郎装憨

演唱：胥全涛

记录：高应智

德江民歌

1=C 4/4

稍自由

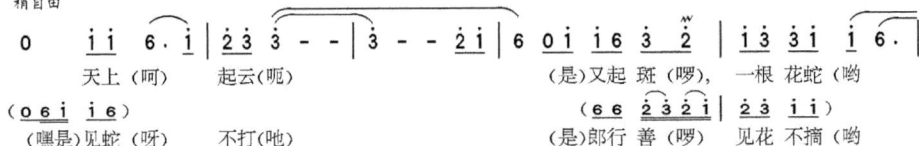

天上（呵）　起云（呃）　　　（是）又起 斑（啰），一根 花蛇（哟）

（嘿是）见蛇（呀）　不打（吒）　　（是）郎行 善（啰）　见花 不摘（哟）

咔吒　哎）　拉（呃）路 担（啰）。

咔吒　哎）　郎（哎）装 憨（啰）。

送　郎

演唱：胥全涛

记录：高应智

德江民歌

1=D 2/4

♩=78

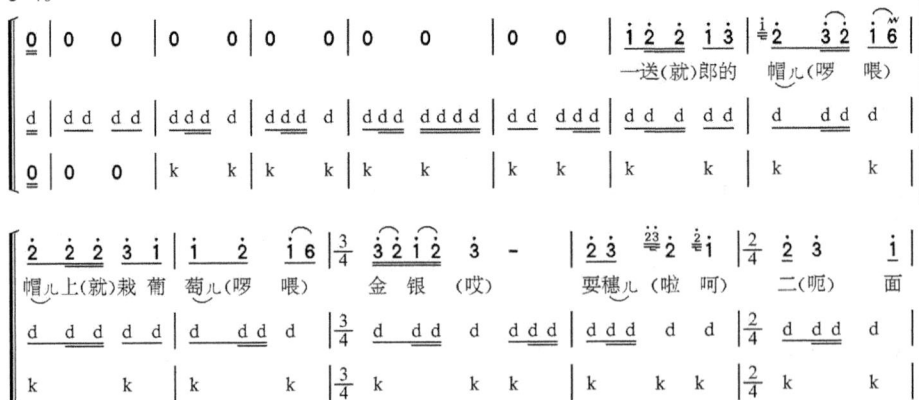

一送（就）郎的　帽儿（啰　喂）

帽儿上（就）栽 葡 萄儿（啰 喂）　金 银（哎）　要穗儿（啦 呵）　二（呃）　面

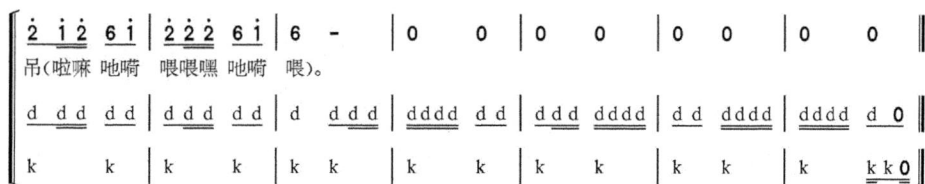

附词：二送郎的身，如送郎的心，送到山坳不看见（方言 jin）。

有情的哥子挨拢来

演唱：冉茂平

记录：高应智

德江民歌

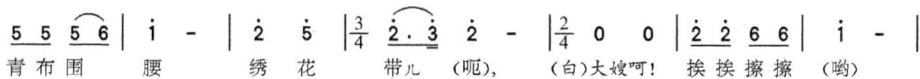

1=C 2/4

♩=96

青布围 腰 绣花 带儿（呃）， （白）大嫂呵！ 挨挨擦擦（哟）

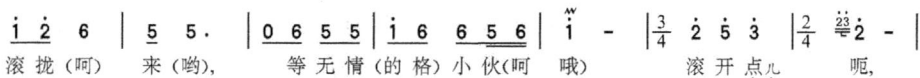

滚拢（呵） 来（哟）， 等无情（的格）小伙（呵 哦） 滚开点儿 呃，

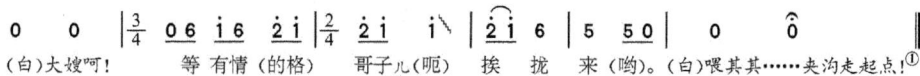

（白）大嫂呵！ 等有情（的格） 哥子儿（呃） 挨 拢 来（哟）。（白）喂其其……夹沟走起点。①

注：① "喂其其"，为哻牛声，"夹沟走起点"，即顺着泥沟快点走。

明年丰收来接妹

演唱：张玉升

记录：高应智

德江民歌

1=E 2/4

♩=90

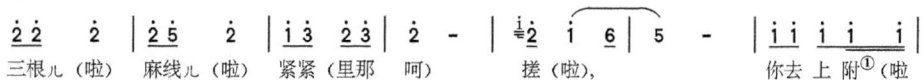

三根儿（啦） 麻线儿（啦） 紧紧（里那 呵） 搓（啦）， 你去上附①（啦

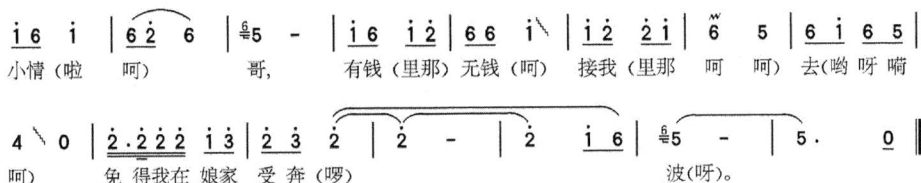

附词：

三根儿麻线儿紧紧背②，你去回复我小情妹，今天还是天干了，明年丰收来接妹。

注：①"上附"，方言，告诉的意思。②"背"，方言，还是搓的意思。

路边凉水莫要喝

演唱：田景光

记录：高应智

德江民歌

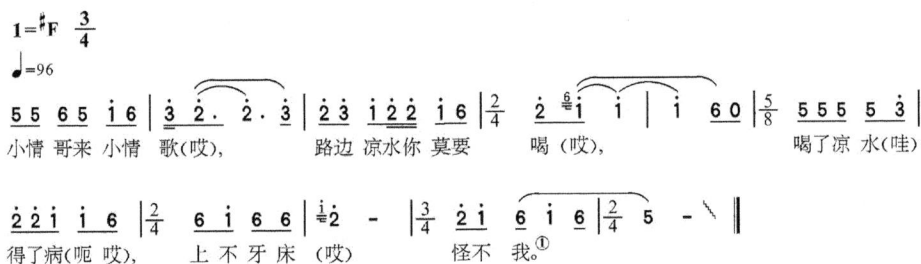

注：①此句意为"怪不了我"。

我郎无妻唱山歌

演唱：刘翊豪

记录：高应智

德江民歌

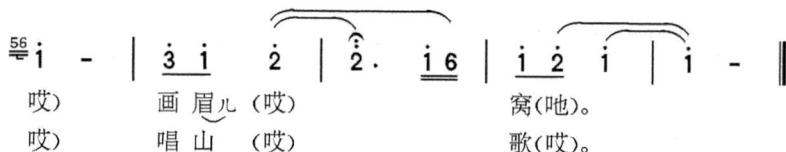

哎)　画眉儿（哎）　　窝（吧）。
哎)　唱山（哎）　　歌（哎）。

潮砥滩

演唱：黎世光

记录：高应智

德江民歌

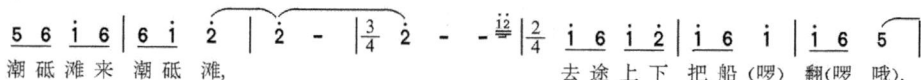

潮砥滩来潮砥滩，　　去途上下把船（啰）翻（啰哦），

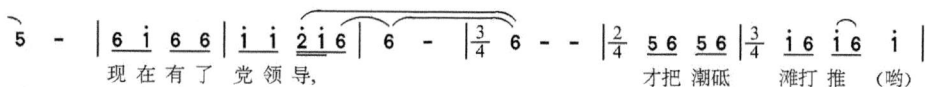

现在有了党领导，　　才把潮砥滩打推（哟）

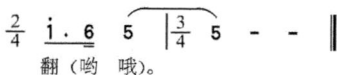

翻（哟哦）。

乐曲说明：潮砥滩，系乌江流经德江县境内之一大险滩。

快点薅

演唱：胥全涛

记录：高应智

德江民歌

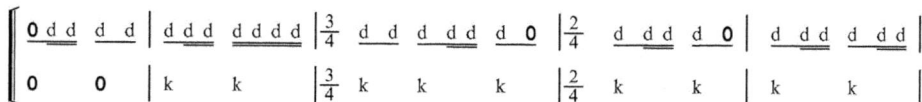

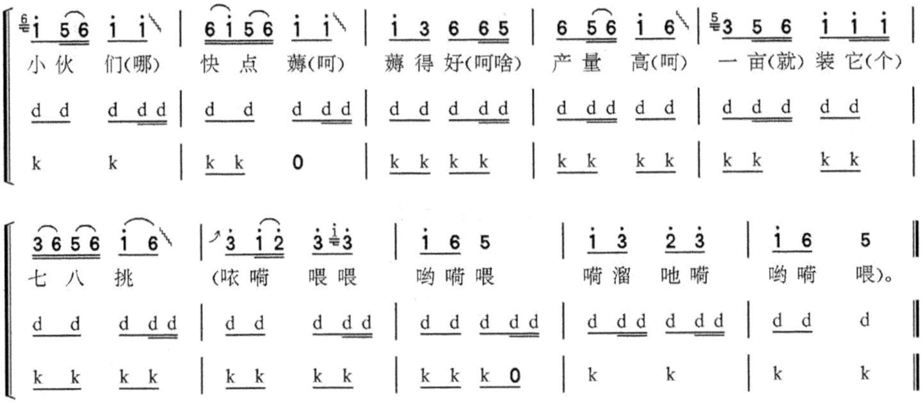

乐曲说明：此曲是收工时演唱的，又名“催闹”。

清早起来

演唱：胥全涛

记录：高应智

德江民歌

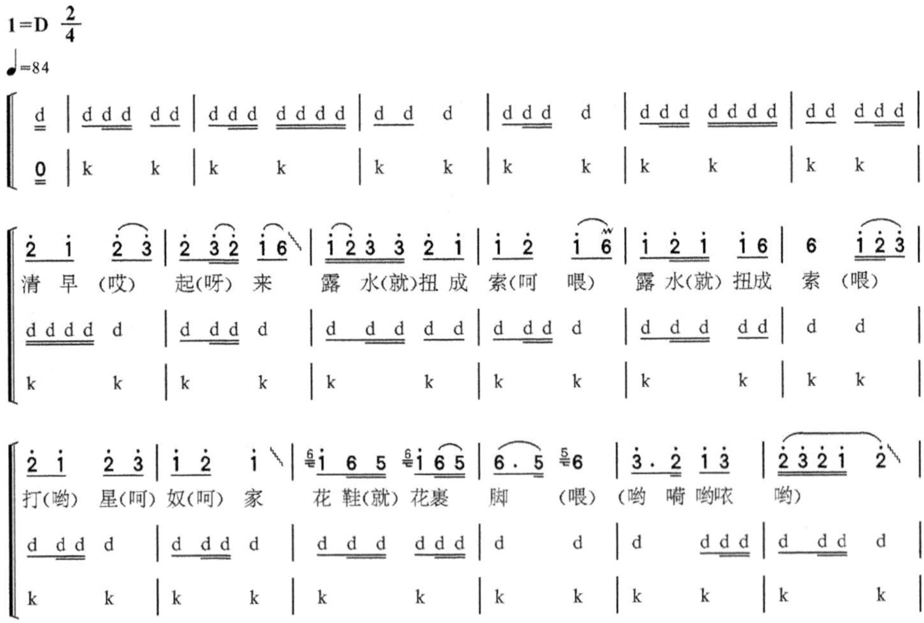

结束句.

花鞋(就)花裹 脚 （喂）。

d d d | d d d | d | d | d d d | d d d | d d d | d d d | d d d | d d d | d d d | d d | d | 0.

k | k | k | k | k | k | k | k | k | k | k k | 0.

打个龙车车转来

演唱：徐维宣

记谱：陈统武

录音：黄明珍

江口民歌

1=A 2/4

♩=74 节奏自由

太阳 落坡 （哎） 没落岩（吧）， （妹吧） 我

打 个龙车 （哎 哎） 车 转 来 （哎）。

龙车 只车 得（哎） 长江水（吧 妹吧） 哪有 车得

（哎） （哎） 太阳 回。

遭孽歌

演唱：吴文厚

记谱：陈统武

录音：黄明珍

江口民歌

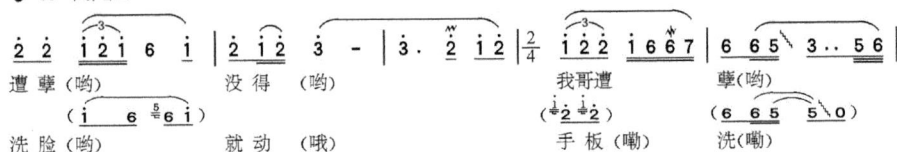

遭孽（哟）　　没得（哟）　　　　我哥遭　孽（哟）
洗脸（哟）　就动（哦）　　　　手板（嘞）　洗（嘞）

连围腰　汗帕（啥）　也　没（哟）得（哟）。
我抹汗（哟）　就动（啥）　桐子（呵）　叶（哟）。

树不成材枉自多

演唱：胡文英

记谱：工作组

录音：黄明珍

江口民歌

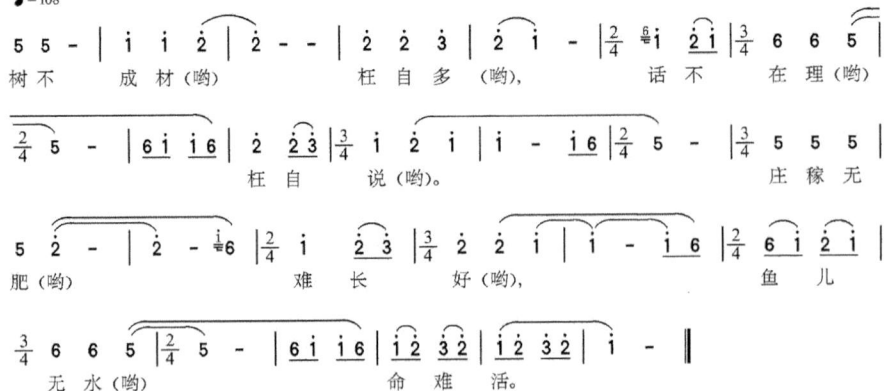

树不　成材（哟）　　枉自多（哟），　话不　在理（哟）

枉自　说（哟）。　　　　　　　　　庄稼无

肥（哟）　　　难长　好（哟），　　鱼儿

无水（哟）　命难活。

盘 歌

演唱：凡学龙　李桃仙　李园园　郑昌明

记谱：陈统武

录音：黄明珍

江口民歌

（一）

1=D 3/8

♪=156

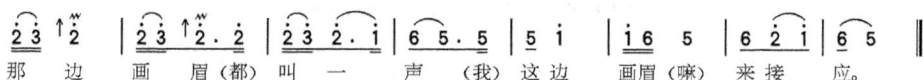

那 边 画眉（都）叫 一 声 （我）这边 画眉（嘛） 来 接 应。

附词：一个点头一个叫，　　问：你爱玩来我爱玩，　　答：你爱玩来我爱玩，
　　　叫得声音和声音。　　　　唱首盘歌送哥盘。　　　　这首盘歌我要盘。
　　　十字路上打一听，　　　　什么吃草不吃根？　　　　镰刀吃草没吃根，
　　　听到姐家闹沉沉。　　　　什么睡起不翻身？　　　　石头睡起不翻身。
　　　听到姐家沉沉闹，　　　　什么肚内有牙齿？　　　　磨子肚内有牙齿，
　　　好似蜜蜂闹柳林。　　　　什么肚内有眼睛？　　　　灯笼肚内有眼睛。
　　　蜜蜂爬在柳叶上，
　　　花多叶少苔一成。

（二）

1=D 2/4

♩=96

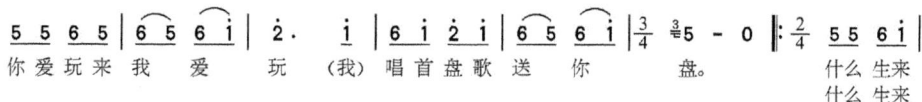

你爱玩来我 爱 玩 （我）唱首盘歌送 你 盘。 什么 生来
　　　　　　　　　　　　　　　　　　　　　　　　什么 生来

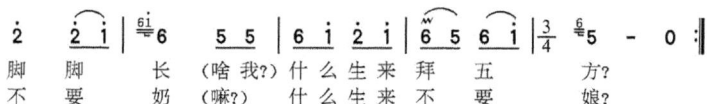

脚 脚 长 （啥我?）什么 生来 拜 五 方？
不 要 奶 （嘛?）什么 生来 不 要 娘？

（三）

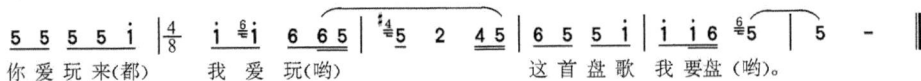

1=D 5/8
♪=156

你爱玩来(都) 我爱玩(哟) 这首盘歌我要盘(哟)。

附词：

秧鸡生来脚脚长，牛马生来转五方。

鸡崽生来不要奶，鸭崽生来不要娘。

山歌好唱口难开

演唱：李国祥

记谱：工作组
江口民歌

1=C 3/4
♩=120

山歌好唱口难开，林檎好吃树难栽，

大谷好吃田难办(咳)鲜鱼好吃网难开。

小调类

上茶山

演唱：张加蓉　张永久

记录：田贵忠　王纯孙

沿河民歌

1=F　2/4

♩=72

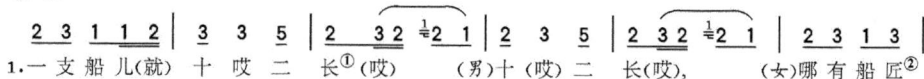

1.一支船儿(就)　十哎　二　长①(哎)　　(男)十(哎)二　长(哎)，　(女)哪有船匠②

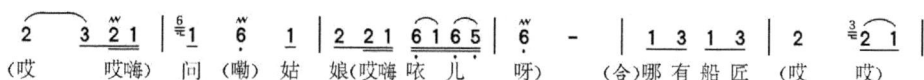

(哎　哎嗨)问(嘞)姑　娘(哎嗨哝儿　呀)　(合)哪有船匠　(哎　哎)

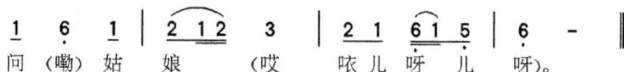

问(嘞)姑　娘　(哎　哝儿呀儿　呀)。

附词：

妹妹二人上高坡，望牛小弟笑呵呵。

望牛小弟笑哪样？歌爱妹来妹爱哥。

注：① "十二长"，即丈二长。② "船匠"，即渡船工人。

红花一枝花①

演唱：田仁兴

记录：田贵忠　王纯孙

沿河民歌

1=A　2/4

♩=72

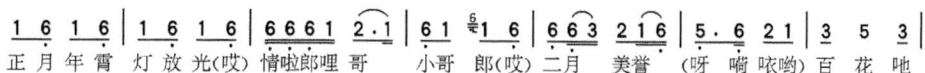

正月年宵　灯放光(哎)情啦郎哩哥　小哥　郎(哎)二月　美誉　(呀嗬哝哟)百　花　吨

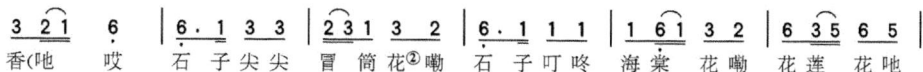

香(吨)　哎　石子尖尖　冒筒花②嘞　石子叮咚　海棠　花嘞　花莲　花吨

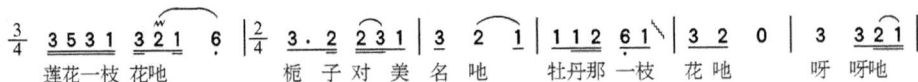

莲花一枝 花吔　　栀子对美名 吔　　牡丹那 一枝 花吔　　呀 呀吔

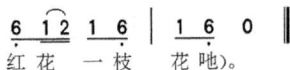

红花 一枝 花吔）。

注：①此曲当地称"肉莲花"，节拍以双掌交替击手、臂、胸、臀等处而成。

②"帽筒"，家庭用的一种筒状的瓷器皿，常摆木柜上，用以搁放帽子而得名，筒内可插花。

打金簪

演唱：张玉芬

记录：田贵忠

沿河民歌

1=A　2/4

♩=84

一打 金簪　幺妹儿 头上 插 （呀）的　人 嘞才 爱　　吔，跳 得我们 四路①嘛是

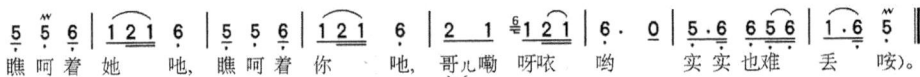

瞧呵着 她 吔，瞧呵着 你 吔，哥儿嘞 呀吱 哟　　实 实也难 丢 咳）。

附词：二打耳环幺妹耳上戴，三打手圈幺妹手上戴。

注：①"四路"，系方言，即四周的意思。

铜钱歌①

演唱：樊吉万

记录：田贵忠　王纯孙

沿河民歌

1=G　2/4

♩=72

正（嘞）月 好（呵）唱 铜（呢）钱（哩）　歌儿，　铜（呢）钱（哩） 歌儿（嘛），铜（呢）钱（哩） 歌儿嘛，

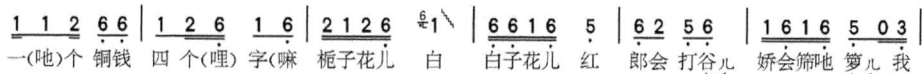

一(咃)个 铜钱 四个(哩)字(嘛 栀子花儿 白 白子花儿 红 郎会 打谷儿 娇会筛咃 箩儿 我

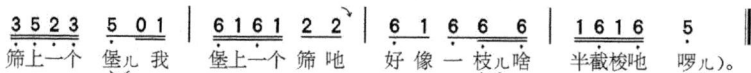

筛上一个 堡儿我 堡上一个 筛咃 好 像一枝儿啥 半截梭咃 啰儿)。

附词:

二月好唱铜钱歌,

二个铜钱八个字。

四月好唱铜钱歌,

四个铜钱十六字。

三月好唱铜钱歌,

三个铜钱十二字。

五月好唱铜钱歌,

五十铜钱二十字。

注:①此歌歌词可唱十二月,用于教儿童识数。

十冬腊月阳雀叫

演唱:冉启仲

记录:田贵忠 王纯

沿河民歌

1=C $\frac{2}{4}$

♩=72

十冬腊月(是) 阳雀 叫,(哎 哥哎 哥) 好似情哥(是 哎哟 哟) 来开门。啥
后头有根(是) 杨柳 树,(哎 哥哎 哥) 吊住杨柳(是 哎哟 哟) 梭下来。啥

奴情干嘞 哥)
奴情干嘞 哥)

英台调

演唱：张玉芬

记录：田贵忠　王纯孙

沿河民歌

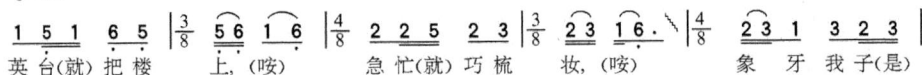

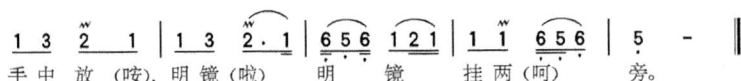

附词：牙梳拿在手，打开乌发头。

梳个狮子滚绣球，又梳插花楼。

腰裙绣罗绮，梅花绣三路①。

红绸裤子绣莲花，绿带紧紧扎。

注：①"三路"，即三行。

正月梅花开

演唱：朱永香

记录：田贵忠　王纯孙

沿河民歌

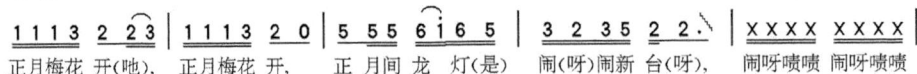

附词：

二月梅花开，五月梅花开，二月的萝卜结嫩苔。五月的龙船顺水来。

三月梅花开，六月梅花开，三月的闲童挥水来。男人穿错女人鞋。

四月梅花开，四个女学生在打麻将牌。

阳山竹儿节节高

演唱：田维珍

记录：田贵忠　王纯孙

沿河民歌

$1=^\flat B$　$\frac{2}{4}$

```
3 6 6  3 6 | 3  5  3 | 5 6 53 | 3 2 2.1 | 1 1 2 | 5 | 3 2 | 2 1 61 | 2 1 6 |
```
阳 山(哩)竹(噢)儿(啰)　节(哟)节节 高(哎)，我 砍 它(哩)下 来　做(哎)杆箫 (哎

```
5 - | 5 - | 6 5 3 | 2. | 5 | 5 5 6 | 5 | 3 2 | 2 1 61 | 2 1 | 6 56 | 5 - |
```
哎　咳　咚 呀)　我 砍 它(哩)下 来　做(哎)杆箫 (哎　　咳)。

附词：模吹笛子顺吹箫，
　　　吹箫吹笛年宵。
　　　阳山竹子节节长，
　　　我吹它下来雕凤凰。
　　　凤凰高上雕阳雀，
　　　雀鸟高上吊耍囊。
　　　阳山竹儿节节稀，
　　　我砍它下来打簸箕。
　　　年轻媳妇来簸米，
　　　她抬簸箕笑嘻嘻。
　　　阳山竹儿黑油油，
　　　生在青山烂石头。
　　　哎，我砍它下来雕凰楼。

螃蟹歌

演唱：田仁兴　侯年元

记录：田贵忠　王纯孙

沿河民歌

1=C 2/4

♩=84

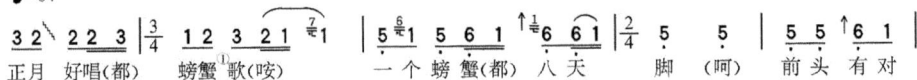

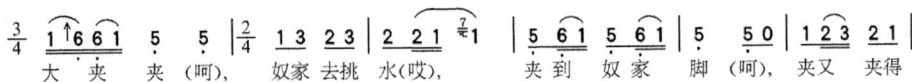

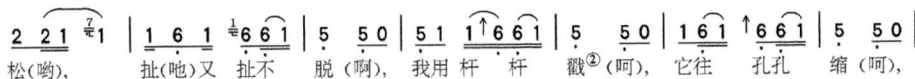

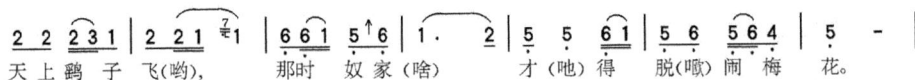

注：① "螃蟹"，沿河方言读 pán hài。

② "戳"，沿河方言读 duò。

正月好唱耗子灯

演唱：田仁兴　侯元年

记录：田贵忠　王纯

沿河民歌

1=♭B 2/4

♩=96

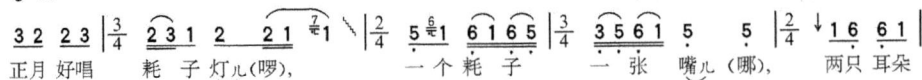

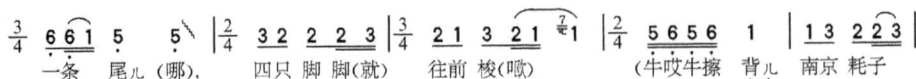

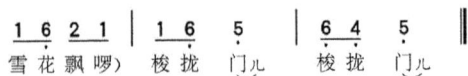

附词：

二月好唱耗子灯，两个耗子两张嘴。

四只耳朵两条尾，八只脚脚往前梭。

三月好唱耗子灯，三个耗子三张嘴。

六只耳朵三条尾，十二只脚脚往前梭。

正月好唱耗子灯

沿河民歌

1=♭B 2/4

♩=72

清早（哎）起来（吔）去望（哩哟哦）牛（哎），

牛儿（嘞）吃草（哎）不回（哩哟哦）头（哎）。

附词：

风流流来风流流，说起风流得一愁，

那年有了风流汉，如时还在监里头。

这山没得那山高

演唱：田维善

记录：田贵忠　王纯孙

沿河民歌

1=♭A 2/4

♩=66

这山没得（就）那山高（哎）小娇妹奴的秀才哥）

那山（我们）高上（噢）妹吔妹子呀嗬嘿）好仙（吔）桃（呵是牛郎灯儿嘞

哥儿 哎　　哟哝哟　口哎哟哟)　好仙(吧)　挑(噢是

牛郎 灯儿嘞 哥儿 哎)。

倒采茶

演唱：代昌全

记录：陈小勇

松桃民歌

1=D 3/4

正月 采茶(是) 顺 (啊) 采茶 (呀)腊月 采茶(是) 倒 (啊) 采茶 (呀)(单哪 茶的

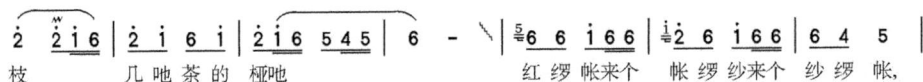

枝　　几吧 茶的 桠吧　　　红缪帐来个 帐缪纱来个 纱缪帐,

叮 叮 当当 海棠花, 东街去到 西街转 又走南北 方,　雪花飘飘

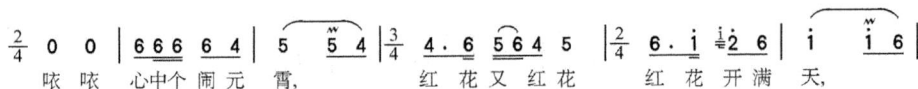

哝哝 心中个闹元宵,　红花又红花 红花开满天,

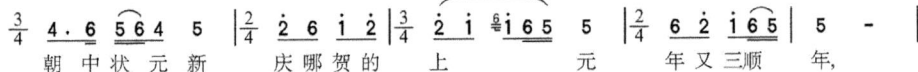

朝中状元新 庆哪贺的 上 元 年又三顺 年,

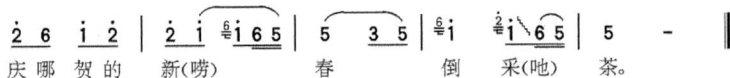

庆哪贺的 新(唠) 春 倒采(吧)茶。

安安送米

演唱：代树梅

记录：陈小勇

松桃民歌

1=C 3/4

♩=58 稍慢

乌鸦（呀）　头上（呀）　叫（啊）　几　　声（啰 哐），　希望（呀）

先　（哟）　生（哟）　　先　生（都）转　回　（哟）　　　　程（啰）。

闹五更

演唱：刘汉明

记录：陈小勇

松桃民歌

1=♭B 2/4

♩=72 中速

一更　一点　正好睡瞌　睡（唛），又（唉）要　纺丝　棉，　什么（哎我　娘哎子）

闹（啊）着一更　天？　（白）哥哥：一更天是什么子叫？（答）妹子，一更天是蚊虫叫。蚊　虫 我的

哥，　你（呀）在那旁　叫（哎我）奴（哟）在这旁　听，　　叫（啊）得（唛个）

奴（哎）家（呀）伤（哎）心（哪个），痛（哎）心（哪），越（哎）叫越伤　心，　　什么（哎）我

娘哎　子　好　似作贱① 人？　什么 哎我 娘哎子　好　似作贱 人。

注：①"作贱人"，即作弄人。

包袱雨伞

演唱：代昌全

记录：陈小勇 麻光忠（苗）

松桃民歌

1=F 2/4

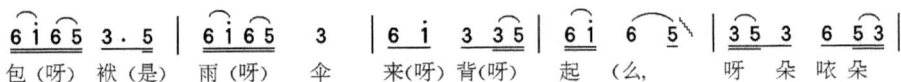

包（呀）袱（是）雨（呀）伞　来（呀）背（呀）起（么，　呀朵哝朵

呀朵 呀）　邀起（呀）姊　妹　走（啊）妈　家　（呀朵

哝朵　呀朵呀朵　哝　呀朵哝　呀朵　呀朵　呀朵　呀朵呀朵）

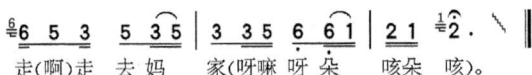

走（啊）走　去妈　家（呀嘛呀朵　咳朵　咳）。

附词：

走起要走爹妈家，哪怕山高路不平。

三脚把住两脚走，两脚把住一脚行。

上坡犹如燕子飞上天，下坡犹如风送云。

过了一湾一又湾，走得妹妹口又干。

不知累来只觉欢，不觉来到大门前。

谢酒

演唱：代昌全

记录：陈小勇

松桃民歌

1=G 2/4

♩=72 中速

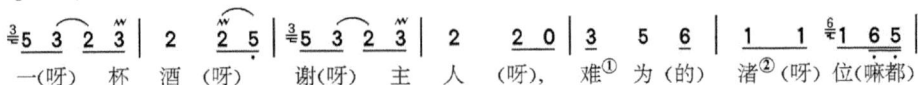

一（呀）杯酒（呀）　谢（呀）主　人　（呀），　难①为（的）　渚②（呀）位（嘛都

黄(呀) 了 心(啊)，众 位 (的) 吃(啊)了(嘛都) 一(呀) 杯 酒 (呀)，

福 禄(的) 寿(啊)元(是) 上 家(那)门(那)，(亲干 奴的 哥啊，(应)哎!你

妹妹是 喊 什 么呀)，福 禄(的) 寿(啊)元(是) 是 家(哪)门(那)。

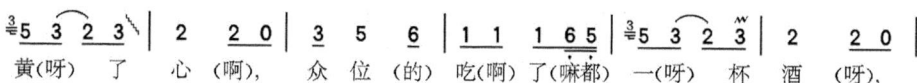

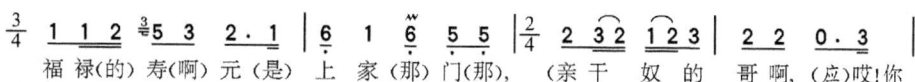

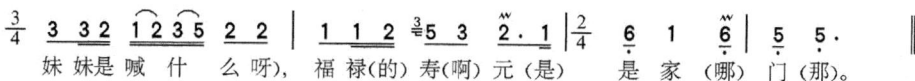

注：① "难"，土语读作 la。

② "渚"，演唱中"富"字系"渚"字之误。

大山木叶细飞飞

演唱：吴继忠

记录：毛之涛

玉屏民歌

1=♭B 4/4

♩=60

大山 木叶 细飞 (唷) 飞(唷) 可惜 唷 唷

我 郎 (那)一 世(喓 唷) 生 来 (哪)无命(喽)

吹(唷); 等到 (唷 唷)那 年 (那)妖雾

(那)散(喽)， 打张(唷唷) 木叶 (哩呵)走进(喽 唷) 花

园 (那) 陪妹(唷) 吹(唷 唻)。

歌曲说明：曲中小节线上 "⌢" 均系演唱中因换气而做的较长的自由停顿。

壮志凌云个个夸

演唱：吴继忠（侗）

记录：毛之涛

玉屏民歌

1=E 5/8

♪=104 稍自由

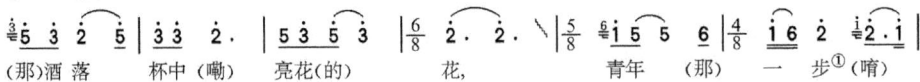

（那）酒落　杯中（嘞）亮花（的）　花，　青年　（那）一　步①唷

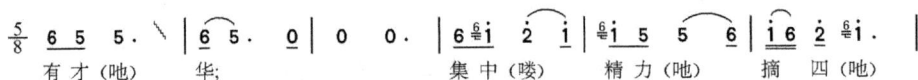

有才（吔）华；　　　集中（喽）精力（吔）摘四（吔）

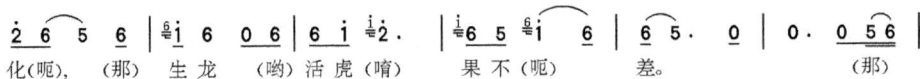

化（呃），（那）生龙（哟）活虎（唷）果不（呃）差。　（那）

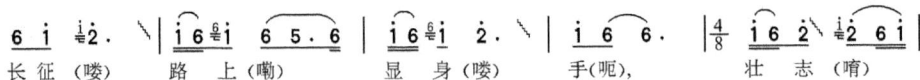

长征（喽）路上（嘞）显身（喽）手（呃），壮志（唷）

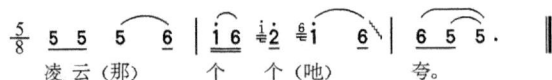

凌云（那）个个（吔）夸。

注：①"一步"，即进步或先进之意。

送寿年

演唱：吴龙生

记录：毛之涛

玉屏民歌

1=F 2/4

♪=78

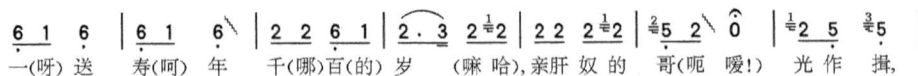

一（呀）送寿（呵）年千（哪）百（的）岁（嘛哈），亲肝奴的哥（呃嗳!）光作揖,

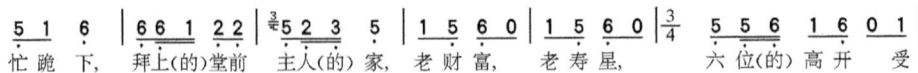

忙跪下，拜上（的）堂前主人（的）家，老财富，老寿星，六位（的）高开受

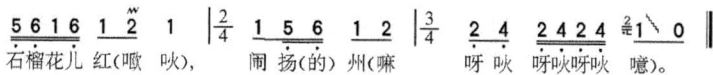

观 花

演唱：杨廷家　杨洪祥

记录：毛之涛

玉屏民歌

1=C 2/4

♩=80

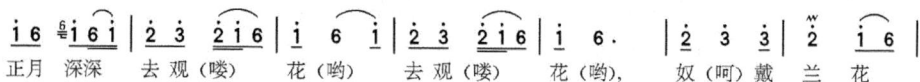

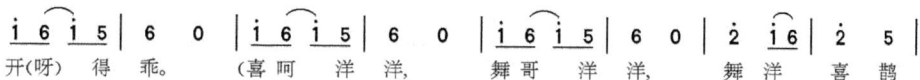

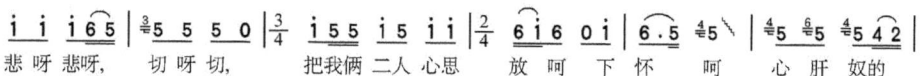

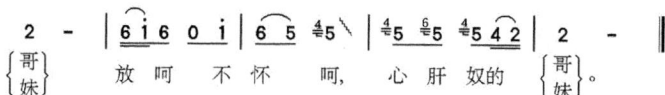

附词：

二月洋洋去观花，奴戴飞花开得乖。三月洋洋去观花，奴戴桃花开得乖。
四月洋洋去观花，奴戴牡丹开得乖。五月洋洋去观花，奴戴栀子开得乖。

雪花飘

演唱：吴学俊

记录：强健

印江民歌

1=♭A 2/4

♩=72 中速

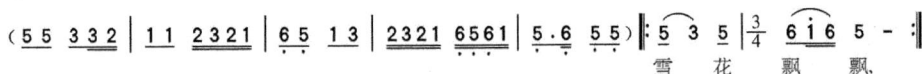

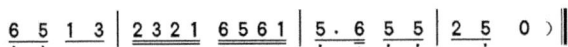

附词：

太阳出来了，太阳出来了，太阳一出雪人不见了，

早知道雪是水，奴家不该怀中抱。

双采茶

演唱：杨秀剑

记录：强健

印江民歌

1=C 2/4

♩=80 中速

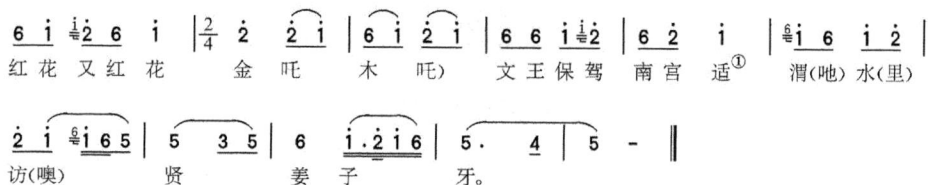

红花又红花 金吒 木吒) 文王保驾 南宫适① 渭(吔)水(里)

访(噢) 贤 姜子 牙。

注：① "适"，方言 gu 伽。

花采茶

演唱：俞明礼

记录：强健

印江民歌

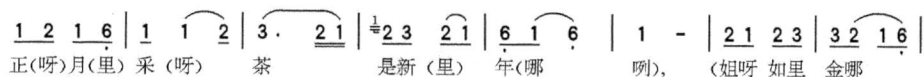

正(呀)月(里)采(呀) 茶 是新(里)年(哪 咧)，(姐呀 如里 金哪

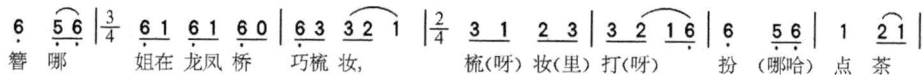

簪哪 姐在 龙凤桥 巧梳妆，梳(呀)妆(里)打(呀) 扮 (哪哈)点 茶

园(哪)， 点(呀)得(里)茶(呀)园 (飞吔红花 红啊绕

绕 占吔巾巾 蜜蜂翠竹 菊吔花香) 箱箱(里)

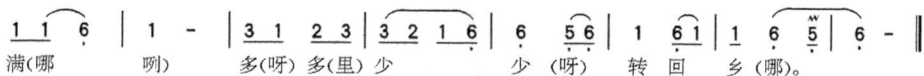

满(哪 咧) 多(呀)多(里)少 少(呀)转回乡(哪)。

倒采茶

演唱：吴学俊

记录：强健

印江民歌

1=♭E 2/4

♩=90 稍快

十二月

倒 采 茶 （牡丹一支花 柳州妹 倒 采 茶）

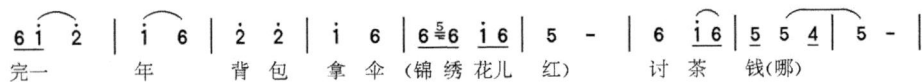

完一 年 背包拿伞（锦绣花儿 红） 讨茶 钱（哪）

你 把

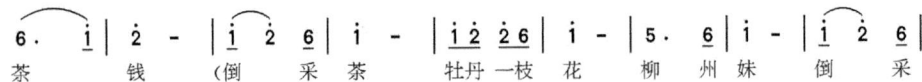

茶 钱 （倒 采 茶 牡丹一枝花 柳州妹 倒 采

茶） 交于 我 今年 去 了（锦绣花儿 开） 等来

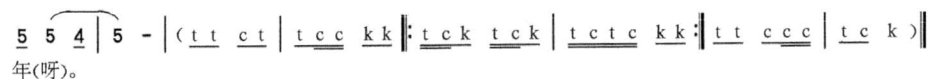

年（呀）。

绣荷包

演唱：吴学俊

记录：强健

印江民歌

1=G 2/4

♩=80 中速

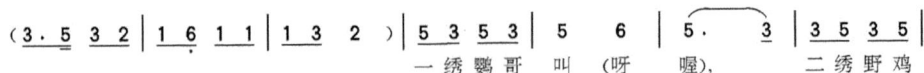

一绣鹦哥 叫 （呀 喔）， 二绣野鸡

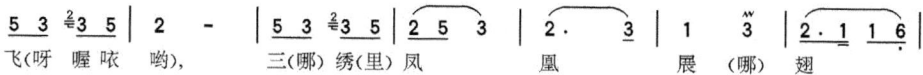

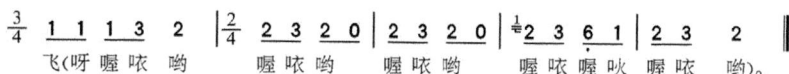

5 3 2̲ 3̲ 5 | 2 - | 5 3 2̲ 3̲ 5 | 2 5 3 | 2· 3̲ 1 | 3̃ | 2· 1̲ 1̲ 6 |
飞（呀 喔 哝　哟）， 三（哪）绣（里）凤 凰 展（哪）翅

3/4 1 1 1 3 2 | 2/4 2 3 2 0 | 2 3 2 0 | 2̲ 3̲ 6̲ 1̲ | 2 3 2 ‖
飞（呀 喔 哝 哟 喔 哝 哟 喔 哝 哟 喔 哝 喔 吥 喔 哝 哟）。

小呀侬

演唱：任达铭

记录：强健
印江民歌

1=F 2/4
♩=84 稍快

（6· 1̲ 6̲ 5̲ 3̲ ‖: 3̲ 5̲ 3̲ 2̲ 2̲ 1̲ | 6̲ 6̲ 5̲ 3̲ 5̲ | 6· 1̲ 6̲ 1̲ 5̲ | 6 6̲ 1̲ 3̲ 6̲ | 5 - ）|

2̲ 1̲ 6̲ 2̲ 1̲ 6̲ | 2̲ 1̲ 2̲ 6 | 2̲ 3̲ 2̲ 1̲ 2̲ | 3 2̲ 1̲ | 2̲ 3̲ 2̲ 1̲ | 6̲ 1̲ 2̲ 6̲ 2̲ 1̲ 2̲ | 6 - |
一送 寿元 千百（哟）岁（呀 么 呀 嗬 哝 哟 小 幺 啊 妹 哟 呀 么 哟 嗬 姐，

6· 5̲ 5̲ 2̲ | 3 | 2̲ 1̲ | 2̲ 3̲ 2̲ 1̲ 3̲ 2̲ 1̲ | 1̲ 6̲ 1̲ 2̲ | 6 | 6· 5̲ 3· 5̲ | 6̲ 6̲ 1̲ 2̲ 1̲ |
情哥 呀 嗬 哝 哟 情 妹 嘛 呀 儿 啰 嗬 姐 呀 哟 嗬 喂）二（哪）送 富（呀）贵（哋）

‖: 2̲ 3̲ 2̲ 1̲ | 6̲ 1̲ 2̲ 6̲ 2̲ 1̲ 2̲ | 6 - :‖ （6· 1̲ 6̲ 5̲ 3̲ ‖: 3̲ 5̲ 3̲ 2̲ 2̲ 1̲ | 6̲ 6̲ 5̲ 3̲ 5̲ |
两双（噢）全（啰 呀 哝 哟 嗬 姐）姐

6· 1̲ 6̲ 5̲ 5̲ | 6 6̲ 1̲ 3̲ 6̲ | 5 - ）‖

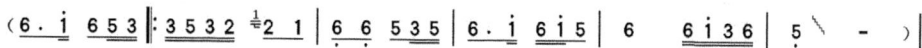

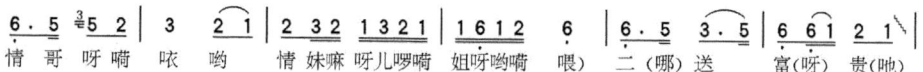

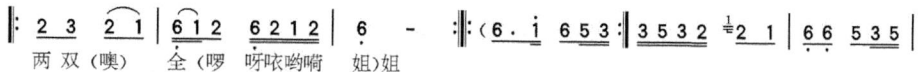

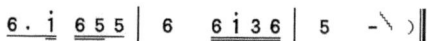

附词：三送桃园三结义，四送东南西北财。
　　　五送五子登科星，六送禄位早高升。
　　　七送天上七妹妹，八送神仙吕洞宾。
　　　九送知府打黄伞，十送状元转回程。

勤打扮

演唱：任达铭

记录：强健

印江民歌

1=♭E 2/4

♩=90 稍快

勤打扮来 巧(啊) 梳妆 (啊)，(清香女郎 香 呃 情郎哥啊 哎) 梳起(那) 油 头(嘛) 桂呀 桂花香(嘛 依儿 哟，小情哥)(白)哎！ 梳起(那) 油 头(嘛) 桂 (呀) 桂花看(嘛 依儿 哟)。

割韭菜

演唱：董立修

记谱：刘朝生 邓光华 史展尤

思南民歌

1=C 2/4

♩=84

姐在后园 割韭菜(嘛) 小兄弟 手提花儿开(呀)，拣(呀)个石头(嘛呀嗬喂) 隔墙(哩)甩 (哟) 情郎小乖 乖

附词：

十字街前走一转，买个包子怀里揣。狗儿咬你包子拽，狗吃包子你进屋来。
前门加把扫把抵，后门加个草凳筛。银壶装的是美酒，罐子煨的猪下腮，
各人吃来各人筛，细娃醒来要吃奶。

送寿元

演唱：芦爱元

记录：刘朝生　邓光华

思南民歌

1=F 2/4

♩=54 稍慢

```
5 5  5  | 5 5  5  5  | 5 5 3  5 1 |3/4 6. 5  3 |2/4 3 3 3 5 | 6  0 | 5 7 6 5 |
一(呀)送  寿(呀)无  千(哪)百(的)岁  (吔)  (情郎奴的哥,  小姑啊
```

```
3 3 0 1 | 6 6 6  6 | 6 5̇6̇ 5 | 2 2 0 5 | 3  2 1 |2/3 2 1 6/1. 1 | 6̇ 1  2 |
娘哎, 我)二送(哩)高贵两(呀)双全(啥), 先作揖我忙跪下,
```

```
3 2 1 6 6 | 1 6 1 | 2 | 2. 5 2 2 | 5 2 0 5 | 3  2 1 | 1 2 1 | 1 6/1 |
交与(哩)堂前主人家, 读书之人高(呵)官做(啥)贺喜(哩)主人
```

```
3/4 2 2 2 2 0 5 |2/4 3  2 1 | 1 2 1 | 1 6/1 | 3  2. ‖
家(呀呀呀 哝 呀啥) 贺喜(哩)主人 家(哟)。
```

开财门

演唱：同心锦

记谱：邓光华

录音：史展尤　刘行智

思南民歌

1=♭E 4/4

♩=84 中速

```
6̇ 6̇ 1 | 2 1 2 3 | 3 2 1 6 6 1 | 2 1 6 |6/1 1 6 3 | 6̇ 1 6̇ | 6 6 1 6 5 | 6 - |
一(呀)进主 家 一(地) 重门儿, (嘞), 一肩(哩)财门儿大大(哟)开,
```

```
6̇ 6̇ 2 | 1 2 1 2 3 | 3 3 2 6 6 | 1̇ 2 2 1 6 | 1 1 6 3 | 6 1 6 |6/1 1 6 | 6 6 5 | 6 - |
左(呵)开一 扇金(嘞)鸡叫(哎), 右开 (哩)一扇 凤凰(哦)声,
```

3 3 3 2 2 1 6 | 2 3 1 3 2 1 6 | 1 1 6 3 6 1 6 | 6 1 6 5 6 - |
金(嘞)鸡叫(哎)   凤(哎)凰声(嘞),   万两(的)黄金 滚进(喽) 门儿,

3 3 2 1 2 1 6 6 | 3 3 2 1 2 1 6 6 | 1 1 6 3 6 1 6 | 6 6 1 6 5 6 - |
(哥吔 哟哝 哟嗬 喂 妹呀 哟哝 哟嗬 喂),万两(哩)黄金 滚进(喽) 门儿。

3.5 3 5 3 3 6 | 3.3 3 3 2 1 2 1 6 6 | 6 6 2 2 1 2 3 | 3 1 2 1 6 6 6 |
滚进不滚出(吔), 滚进主家满堂屋 (吔),(十呵指尖 尖栀子 花儿白呀,

6 6 6 2 1 2 3 | 2 1 2 1 6 6 | 6 6 | 1 1 2 1 2 3 | 1 2 3 |
十呵指尖 尖石梅花儿 红哎, 红红)照见 我们(的) 情 姐

2 1 6 6 5 6 | 2 3 2 1 6 6 | 6 - | 5 5 1 1 6 1 | 6 6 | 3.2 |
挽 盘龙(啥) 挽盘 龙。 二(呀)进主 家 二重(啊)

2 3 1 2 | 2 2 3 5 | 2 3 2 1 6 | 1.2 6 1 | 2 1 6 5 | 5 - | 5 5 1 |
门(喽喂), 二扇 (哩)财(呀)门(才)大大(奴家)开(哟嗨 喂), 南(嘞)京

6 5 6 1 | 5 5 6 | 1 5 6 | 1 5 6 | 1 5 6 1 | 5 5 6 | 1 5 6 1 |
姐(哟嗬 喂), 北(呀)忘哥(哟 喂) 栀(呀)子花(呀 喂), 白(呀)蓬 蓬(呀 喂),

5 5 5 | 1 5 6 | 1 5 5 6 | 1 5 6 1 | 2 2 3 5 5 | 2 3 2 1 6 | 1.2 6 1 |
棋(呀)盆花(呀 喂), 红(呀)彤 彤(呀 喂),伸手 (哩呀)摘(呀)朵(才)幺妹头上

1 2 1 6 5 | 5 - | 5 5 3 | 2 3 1 2 | 5 5 3 | 2 3 1 2 | 2 2 3 5 |
戴(哟嗬 喂) 郎也 爱(呀喂)娇也 爱(呀喂), 打扮你

2 3 2 1 6 | 1 2 | 2 1 6 5 | 5 - | 5 5 3 | 5 5 3 | 3 6 1 | 1 |
奴(呵) 家(才) 小乖 乖(哟嗬喂), 哝悠 哝悠 这才是

2 1 1 2 | 5.6 1 | 6 1 2 | 6 1 6 5 | 5 - |
二十四个 元宝 滚进来(哟嗬 喂)。

蛤蟆调

演唱：田应喜

记录：刘朝生　邓光华　史展尤

思南民歌

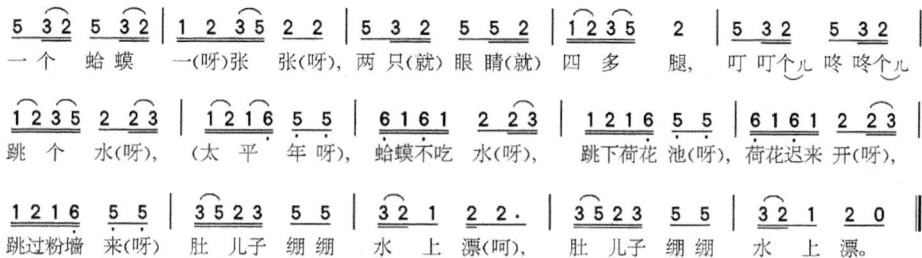

1=A 2/4

♩=54 中速

5 3̲2̲ 5 3̲2̲ | 1̲2̲3̲5̲ 2 2 | 5 3̲2̲ 5 5̲2̲ | 1̲2̲3̲5̲ 2 | 5 3̲2̲ 5 3̲2̲ |
一个 蛤蟆 一(呀)张 张(呀)，两只(就)眼睛(就) 四多 腿，叮叮个儿 咚咚个儿

1̲2̲3̲5̲ 2̲2̲3̲ | 1̲2̲1̲6̲ 5 5 | 6̲1̲6̲1̲ 2̲2̲3̲ | 1̲2̲1̲6̲ 5 5 | 6̲1̲6̲1̲ 2̲2̲3̲ |
跳个 水(呀)，(太平 年呀)，蛤蟆不吃 水(呀)，跳下荷花 池(呀)，荷花迟来 开(呀)，

1̲2̲1̲6̲ 5 5 | 3̲5̲2̲3̲ 5 5 | 3̲2̲1̲ 2 2. | 3̲5̲2̲3̲ 5 5 | 3̲2̲1̲ 2 0 ‖
跳过粉墙 来(呀) 肚儿子绷绷 水 上 漂(呵)，肚儿子绷绷 水 上 漂。

团　茶

演唱：倪保民

记谱：刘朝生　邓光华

思南民歌

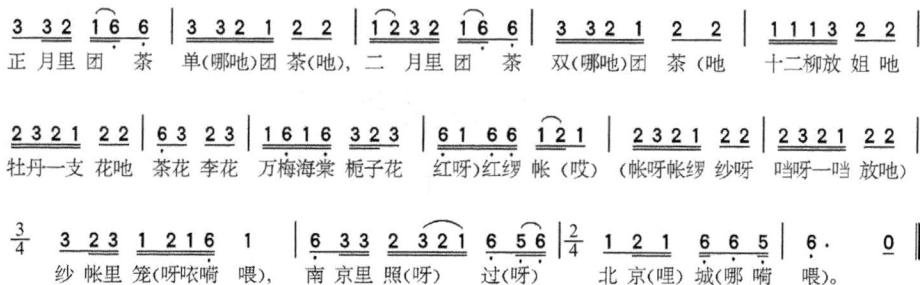

1=F 2/4

♩=72 稍快

3 3̲2̲ 1̲6̲6̲ | 3 3̲2̲1̲ 2 2 | 1̲2̲3̲2̲ 1̲6̲6̲ | 3 3̲2̲1̲ 2 2 | 1̲1̲1̲3̲ 2 2 |
正月里团 茶 单(哪吔)团 茶(吔)，二 月里团 茶 双(哪吔)团 茶(吔) 十二柳放 姐吔

2̲3̲2̲1̲ 2 2 | 6̲3̲ 2̲3̲ | 1̲6̲1̲6̲ 3̲2̲3̲ | 6̲1̲ 6̲6̲ 1̲2̲1̲ | 2̲3̲2̲1̲ 2 2 | 2̲3̲2̲1̲ 2 2 |
牡丹一支 花吔 茶花 李花 万梅海棠 栀子花 红呀)红罗 帐 (哎) (帐呀帐罗 纱呀 吢呀一吢 放吔)

3/4 3̲2̲3̲ 1̲2̲1̲6̲ 1 | 6̲3̲ 3̲2̲3̲2̲1̲ 6̲ 5̲6̲ | 2/4 1̲2̲1̲ 6̲6̲5̲ | 6. 0 ‖
纱 帐里 笼(呀哝唷 喂)，南 京里照(呀) 过(呀) 北京(哩)城(哪唷 喂)。

打金簪

演唱：龙光照

记谱：汤 岳 邓光华

录音：刘朝生

思南民歌

1=G 2/4

♩=84 中速

苏州 来的 哥儿（呃）杭州 来的（呀）人哪依 呀），苏（呀）杭 二 州 随带的 哪儿 项？

随（呀）带 金（别）簪个 银（别）簪 幺妹头上 戴（吔）又（呃）好 看（嘞）

又（呃）好 瞧（呃）一（呀）心 陪伴 奴家 小情 郎，我 人才 丑陋点（呃）

陪伴 你不 过（呃）情郎 奴的 干 哥 哪得（啰）话 来 说，站开 又 站

开（哟），偏要 就换拢 来（哟），看 踩到 奴小 脚（吔），踩了 又如 何（嗷），

情郎 奴的 干 哥儿 元（哪）宵 会 上 好不（又）乐，（哝 儿呀儿

哟）元（哪）宵 会 上 好不（又）快 乐。

踩到妹脚又如何

演唱：谭仁丰

记谱：朱体惠

录音：郑一帆

石阡民歌

1=E 2/4

♩=96

苏州 来的 哥，杭州 来的 客，情（哩）情（哩）哥 随带 哪几 项 啊？

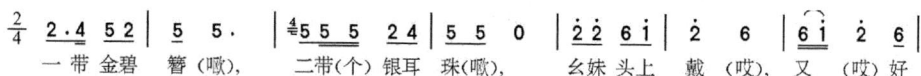

一带 金碧 簪（噢），　　二带（个） 银耳 珠（噢），　　幺妹 头上 戴（哎），　又 （哎）好

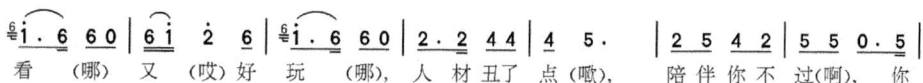

看 （哪） 又 （哎）好 玩 （哪），　人材 丑了 点（噢），　　陪伴 你不 过（啊），　你

过开 又过 开（哟），　　　偏要（么） 挨拢 来（哟），　　踩到 奴小 脚 （啊），　你 踩了 又如

何 （喂）? 元霄 （的） 会 上 快活 又快 活（噢）。

猜拳歌

演唱：安漂华

记谱：朱体惠　蔡飞燕

录音：田儒珍　郑一帆

石阡民歌

1=♭D　2/4

♩=76 中速

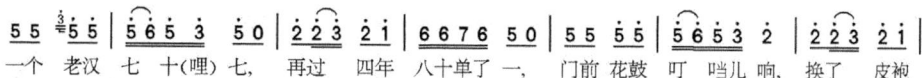

一个 老汉 七 十（哩）七，　再过 四年 八十 单了 一，　门前 花鼓 叮 当儿 响，　换了 皮袍

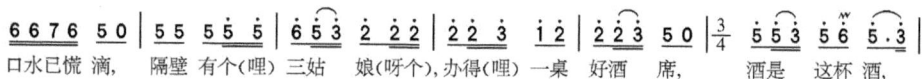

口水 已慌 滴，　隔壁 有个（哩） 三姑 娘（呀个），办得（哩） 一桌 好酒 席，　酒是 这杯 酒，

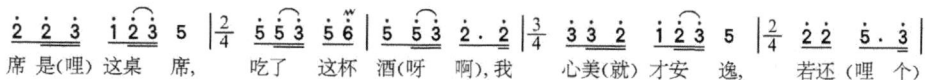

席是（哩） 这桌 席，　吃了 这杯 酒（呀 啊），我　心美（就） 才安 逸，　若还（哩个）

隆中 对（是） 四双 猜　起。（发你个 财呀　　咔咚咔呀　发你个 财呀　勾吃勾呀 ）

酒　令

演唱：周学贵

记谱：蔡飞燕　朱体惠

石阡民歌

1=B 2/4

♩=76 中速

6 1̂ 6 5. 6 | 6 1̂ 6 5 0 | 6 1̂ 6 1̂ 5 6 | 1̂ 1̂ 2̂ 3 | 2. 1̂ | 2̂ ‖

一（呀）杯（就）去（呀）了　二（呀）杯（呀哦呋）来（墨呀哝哟呋呋），
这（呀）朵（就）梅（呀）花　开（呀）得（呀）早（墨呀哝哟呋呋），

3̂ 2̂ 2̂ 3 6 1̂ 6 | 6 1̂ 5 6 1̂ | 2̂ 3 5 3̂ | 2̂ 1̂ 6 5 5 3 6 | 1/4 5 0 ‖

1̂ 1̂ 2̂ 3 6 6̂

霜打（那个）梅花（个　呀呋　喂）伴雪　（哟）开（哟　哝儿呀哝　哟），
隔年（我们）开起（个　呀呋　喂）等春　（哟）来（哟　哝儿呀哝　哟），

3/4 2. 3̂ 5 5 6 1̂ | 2/4 2̂ 3 5 3̂ | 2̂ 1̂ 6 5 | 0 0 0 ‖

（哝　呀嗬喂）等春　（哟）来（哟啊）请！

花采茶

演唱：梁伍朝

记音：朱体惠　夏西华

石阡民歌

1=A 2/4

♩=96

2 6 1̂ 6 1 1̂ 6 2̂ | 2 3 - | 3 3̂ 2̂ 1 2̂ 1 2̂ 3 | 2̂ 1̂ 2 3 | 1. 2̂ 3 1 | 3 3. 2̂ |

正月（那里）采（呀）　茶　昏昏　娘子　红绣花　转头　果子　百果　花儿　开（吧）

2̂ 3̂ 2̂ 1 1̂ 6 5 6 | 1 - | 3 1̂ 1 3 3̂ 2̂ 1 6 | 6 5̂ 6 1̂ 2̂ 6 1̂ |

是　新　年（哟呵　喂），抽（呵）奴（的）金（哦）簪　（呀哈）点　茶

3/4 6 6. 6̂ 5 | 2/4 6 0 | 1̂ 6 1̂ 6 1̂ 2̂ 3 3 | 3̂ 2̂ 3̂ 2̂ 1 2̂ 1 |

园（哟　呵　喂）点得（那里）茶（呀）　园（啊　妹打灯笼独打独

2̂ 1̂ 1 2 1̂ 2̂ 3 2̂ 1 | 3̂ 2̂ 3 1 | 3 3̂ 2̂ 1 | 3̂ 2̂ 1 1̂ 6 5 6 | 1 - ‖

采茶　娘子　受辛苦呵锦绣　花儿　开　哟）十　二　卯（啊　喂）

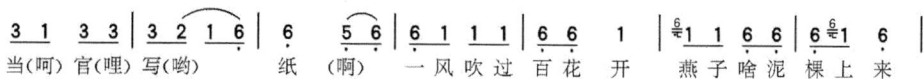

当(呵)官(哩)写(哟) 纸(啊) 一风吹过百花开 燕子啥泥棵上来

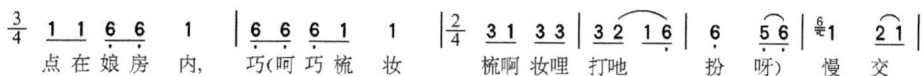

点在娘房内，巧(呵)巧梳妆 梳啊妆哩打吔 扮呀 慢交

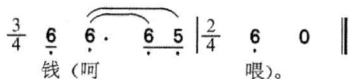

钱(呵) 喂)。

倒采茶

演唱：刘应州

记谱：朱体惠

录音：夏西华

石阡民歌

1=C 2/4

♩=114

正月（个）里(呀)来 重采(哝个) 茶 (咪)， 两个(哪)月(个) (里呀)来
(6 6)
腊月（个）里(呀)来 双采(哝个) 茶 (咪)，

都采(哝个) 花 (吔)，脚踏栀子树 (哎) 手掰(那)栀子桠 (哎)

哥哥(你)头上 戴 (呀)，妹妹头上 插 (吔)，郎采茶(那个) 妹绣花(那个)，

说白似地

南京茶(那个) 北京花，红笼帐(那个) 帐笼桠， 红(啊)笼(哩) 帐 (吔)

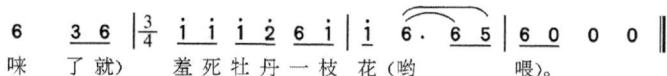

咪 了就) 羞死牡丹一枝花 (哟 喂)。

传十字

演唱：毛承翔

记谱：朱体惠

录音：郑一帆

石阡民歌

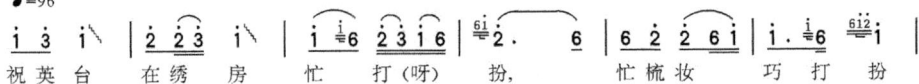

祝英台 在绣房 忙 打（呀）扮， 忙梳妆 巧打扮

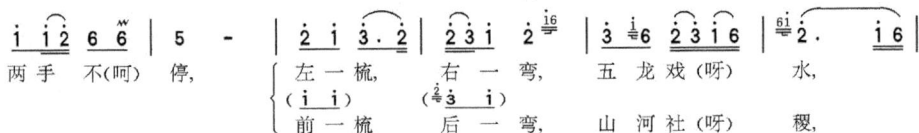

两手不（呵）停， 左一梳， 右一弯， 五龙戏（呀） 水，
前一梳 后一弯， 山河社（呀） 稷，

右一坑， 左一旁， 水波祥（啊） 云。 祝英台 打扮得
后一杭， 前一弯， 金凤翻（啊） 身。

花枝招 展， 行一步 笑一声 出了 房（啊）门。

一更一点谈交情

演唱：任真奎 梁正朝

记谱：朱体惠

录音：夏西华

石阡民歌

一（呀）更 一（呀）点， 谈（那）谈交情（咪 哎） 妹妹（哩）请 问 （哥啊）

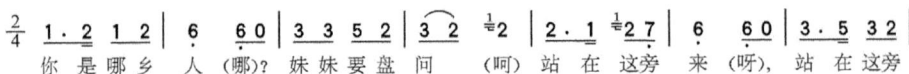

你 是 哪 乡 人（哪）？ 妹妹要盘问 （呵）站 在 这旁 来（呀），站 在 这旁

笑 （哎） 把 话 说分 明（呵）打（呀）开 扇（那）子 开（那）开州 府（哎 哎），

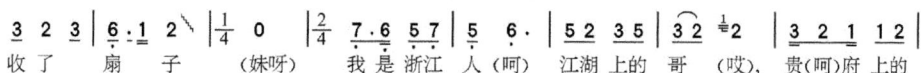

收了 扇 子 （妹呀） 我 是 浙江 人（呵） 江湖 上的 哥 （哎），贵（呵）府 上的

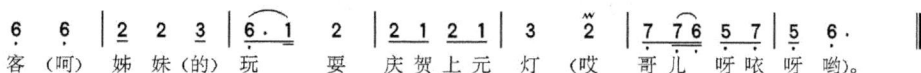

客（呵） 姊妹（的）玩 耍 庆贺 上元 灯 （哎 哥儿 呀哝 呀 哟）。

扯谎歌

石阡民歌

1=C 2/4

♩=84

太 阳 出 来（吆 悠 悠） 照半 坡（呀吆 扯长 扯呀） 听我（哪个） 唱 个（就
（3 35） 扯 根 葛藤（吆 悠 悠） 三 枪 大（呀吆 扯长 扯呀） 吊起（哪个） 太阳（就 （5 5 3532）

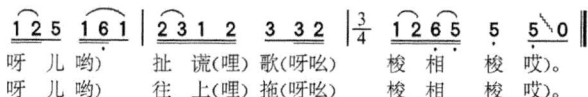

呀 儿 哟） 扯 谎（哩）歌（呀吆） 梭相 梭 哎）。
呀 儿 哟） 往 上（哩）拖（呀吆） 梭相 梭 哎）。

附词：半天云里搭灶头，抓把星宿下油锅。

藤藤歌

演唱：梁伍朝

记谱：朱体惠
录音：夏西华
石阡民歌

1=F 2/4

♩=72

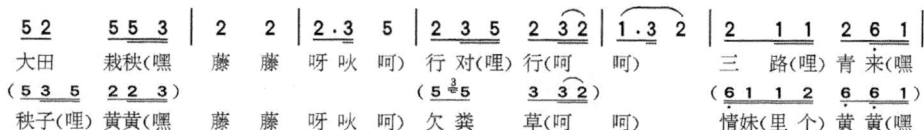

大田 栽秧（嘿 藤 藤 呀吠 呵） 行对（哩） 行（呵 呵） 三 路（哩）青来（嘿
（5 35 2 2 3） 藤 藤 呀吠 呵） 欠粪 草（呵 呵） （61 12 6 61）
秧子（哩）黄黄（嘿 藤 藤 呀吠 呵） 欠粪 草（呵 呵） 情妹（里个）黄黄（嘿

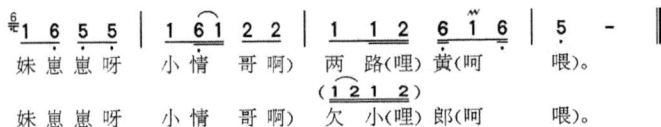

妹崽崽呀 小情哥啊) 两路（哩）黄（呵） 喂）。

妹崽崽呀 小情哥啊) 欠小（哩）郎（呵） 喂）。

小小马儿过江河

演唱：毛承翔

记录：朱体惠　夏西华

石阡民歌

1=♭B 2/4

♩=88

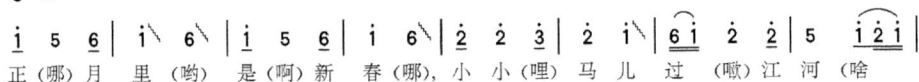

正（哪）月里（哟）是（啊）新春（哪），小小（哩）马儿过（噢）江河（啥

梭扬溜溜梭哟）七（哎）巧单（哪）八（呀）巧双（哪）小小（哩）马儿

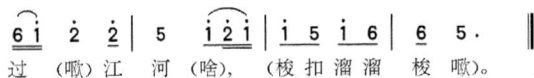

过（噢）江河（啥），（梭扣溜溜梭噢）。

掐菜苔

演唱：雪祖德

记录：李代勋

铜仁民歌

1=G 2/4

♩=66 中速

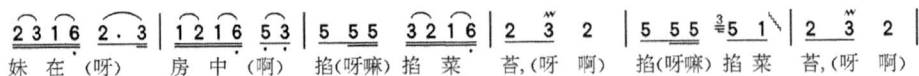

妹在（呀）房中（啊）掐（呀嘛）掐菜苔,（呀啊）掐（呀嘛）掐菜苔,（呀啊）

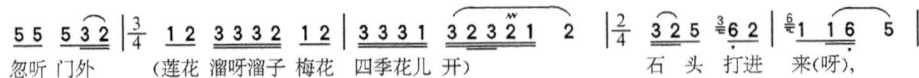

忽听门外 （莲花 溜呀溜子 梅花 四季花儿开） 石头 打进 来(呀),

（杨 柳子青青 嘟儿哝子 松松 嘟儿哝子 崩崩 哎） 石头 打进 来(呀)。

龙船顺江来

演唱：贾玉林

记录：李代勋

铜仁民歌

1=♭B 2/4

♩=84 中速

五月（呀）好唱（呀）祝英（呀）台（呀 啊），一只（呀）龙船（噢）顺江（噢）

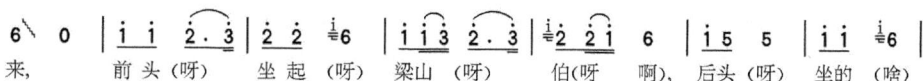

来，前头（呀）坐起（呀）梁山（呀）伯（呀 啊），后头（呀）坐的（啥）

祝 英（呀）台。

放风筝

演唱：向美碧

记录：李代勋　庄小燕

铜仁民歌

1=F 2/4

♩=72 中速稍慢

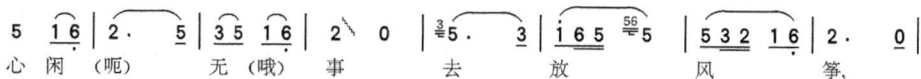

心闲（呃）无（哦）事 去 放 风 筝，

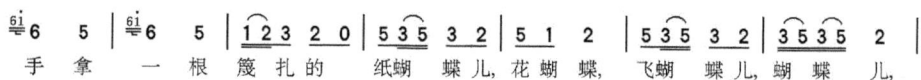

手拿 一 根 篾扎的 纸蝴 蝶儿，花蝴蝶，飞蝴 蝶儿，蝴 蝶儿，

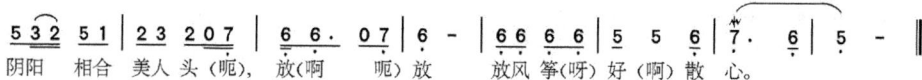

阴阳 相合 美人 头（呃），放（啊 呃）放 放风 筝（呀）好（啊）散 心。

蠓客蚂调

演唱：刘开珍

记录：李代勋

铜仁民歌

1=F 2/4

♩=84 中速

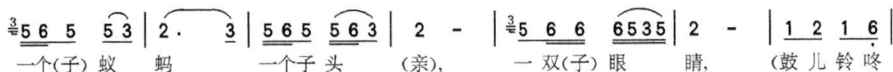
一个(子)蚁蚂 一个子头（亲），一双(子)眼 睛，（鼓儿铃咚

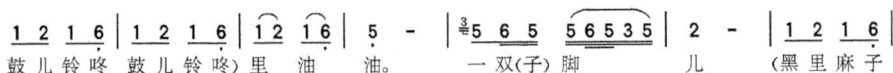
鼓儿铃咚 鼓儿铃咚）里油 油。 一双(子)脚 儿 （黑里麻子

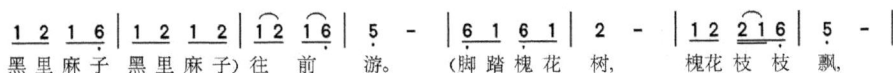
黑里麻子 黑里麻子）往 前 游。（脚踏槐花树，槐花枝枝 飘，

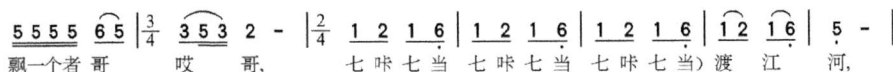
飘一个者哥 哎哥， 七咔七当 七咔七当 七咔七当）渡 江 河，

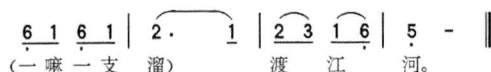
（一嘛一支 溜） 渡 江 河。

数麻雀

演唱：向美碧

记录：李代勋

铜仁民歌

1=F 2/4

♩=66 中速稍慢

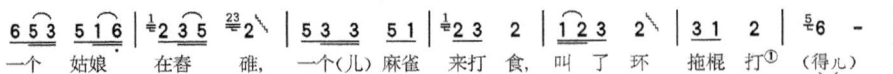
一个 姑娘 在舂 碓， 一个(儿)麻雀 来打 食， 叫了环 拖棍打① （得儿

一只飞在(个)竹园里，头指来，尾指 西，风吹翅膀 现毛 衣，

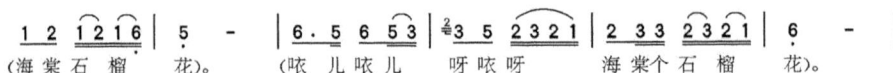
（海棠石榴 花）。 （哝儿哝儿 呀哝呀 海棠个石榴 花）。

附词：两个姑娘在舂碓，两个麻雀来打食，

叫了环拖根打，一只飞在竹园里，

头指东尾指西，风吹翅膀现毛衣。

注：① "拖棍打"，即棍打。

贺 调

铜仁民歌

1=F $\frac{2}{4}$

中速稍快

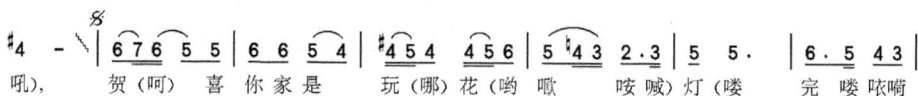

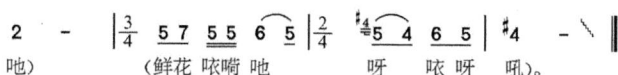

正月洋洋好唱花

演唱：刘长元

记谱：刘洪祥

录音：刘洪祥 李勇祥

万山民歌

1=A $\frac{2}{4}$

♩=80 中速 较自由

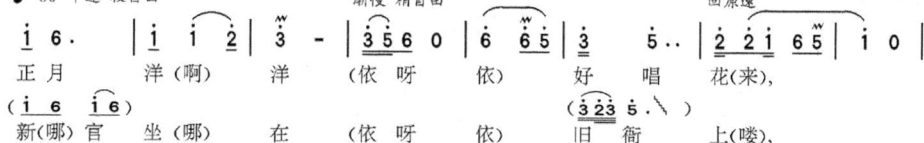

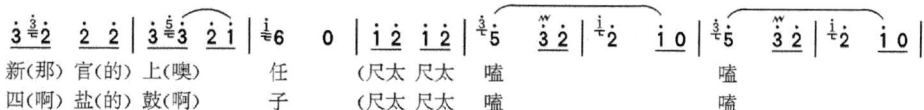

```
6 6 6 i | i i 12=i | 6 6 5 6. 0 ||
咹 咹 咹 咹) 坐 旧 衙 (呀)。
                  (1 6 5 | 6. 0)
咹 咹 咹 咹) 九 盘 花 (来)。
```

附词：

2. 二月洋洋好唱花，一个蛤蟆有几个娃？一个蛤蟆刚刚一个蛙。
   一双晴晴紧在眨，君子上也苔，山人下也苔，玩花灯四季大发。

3. 三月洋洋好唱歌，一个螃蟹有几只脚？一个螃蟹刚刚十只脚，
   无头无尾又无脑壳，君子闻几闻，小人落几落，玩在灯五子登科。

4. 四月洋洋插秧草，一个蛟龙有几个宝？一个蛟龙刚刚一个宝。
   四只脚儿水上跑，君子知得芳，小人知得草，玩花灯万宝来朝。

5. 五月龙船初下水，一个鳌鱼有几个尾？一个鳌鱼刚刚一个尾，
   四个翅膀水上飞，君子坦荡，小人惨凄凄，玩花灯白女齐唱。

明月亮

演唱：刘长元

记谱：刘洪祥
录音：刘洪祥李勇祥
万山民歌

```
1=G 2/4
♩=60
(慢起)

3 3. 2 | 3 3. 2 | 3 5 3 5 | 6 6 5 | 5 5 2 2 3 | 5 6 #4=5 0 | 5 5 2 2 3
一(呀) 打 天(哪) 上 明(哪) 月 亮，   (咻咻 呐呐嘀 嗨 哟   咻咻 呐呐嘀
三(呀) 打 桃(哪) 园 三(哪) 结 义，   (咻咻 呐呐嘀 嗨 哟   咻咻 呐呐嘀

5 6 i 6 5 1 | i 1 2 3 | 2. 0 | 5=6 5 3 5 3 | 3 5 3 3 2 | 1 2 1 | 6=1 2 1 | 6 -
嗨 哟咻嘀 嗨 嘀嗨 嘀)。   一打 童子 拜观 音(哪 满哥子 哟咹 哟)}
嗨 哟咻嘀 嗨 嘀嗨 嘀)。   四打 东西 南北 开(哪 满哥子 哟咹 哟)}

3/4 3 5 2 3 | 5 0 | 3 5 2 3 | 5 0 | 2/4 5 6 i | 5 | 2 2 2 3 | 5 | 5 6 i 5
绣(呵)一 个   金(哪)鸡(子) 对，   对芙 蓉， 美(呀)蓉(子) 对， 对牡 丹，

5 6 i 5 3 | 2. 3 5 | 5 6 i 5 3 | 2 2 3 5 | 2 2 0 5 | 3 3 2 1 2 1
山山 一支 菊   花，   溜溜 一支 莲(哪) 花   一(呀) 条 龙(那么 满哥子
```

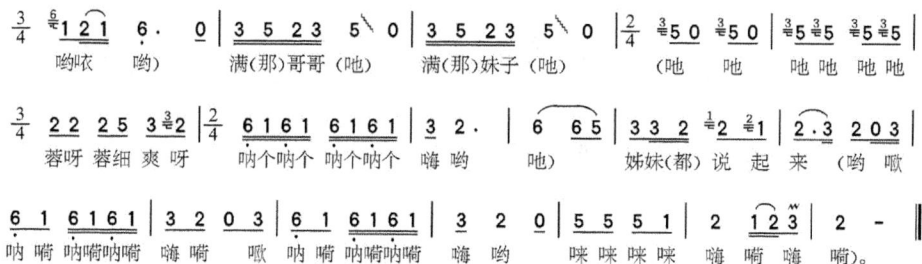

$\frac{3}{4}$ <u>121</u> 6. · 0 | <u>3 5 2 3</u> 5 0 | <u>3 5 2 3</u> 5 0 | $\frac{2}{4}$ 50 50 | 55 55 |

哟哝 哟) 满(那)哥哥(吔) 满(那)妹子(吔) (吔 吔 吔吔吔吔

$\frac{3}{4}$ <u>22 25</u> <u>3 2</u> | $\frac{2}{4}$ <u>6161</u> <u>6161</u> | <u>3 2</u>. | 6 65 | <u>3 3 2</u> 21 | <u>2.3</u> 2 03 |

蓉呀 蓉细 爽呀 呐个 呐个 呐个呐个 嗨哟 吔) 姊妹(都)说 起 来 (哟嗽

<u>61</u> <u>6161</u> | 3 2 03 | <u>61</u> <u>6161</u> | 3 2 0 | 55 51 | 2 <u>123</u> | 2 — |

呐嗬 呐嗬呐嗬 嗨嗬 嗽 呐 嗬 呐嗬呐嗬 嗨哟 咪咪咪咪 嗨嗬 嗨嗬)。

绣花调

演唱：姚本礼

记谱：刘洪祥

录音：刘洪祥

万山民歌

1=F $\frac{2}{4}$

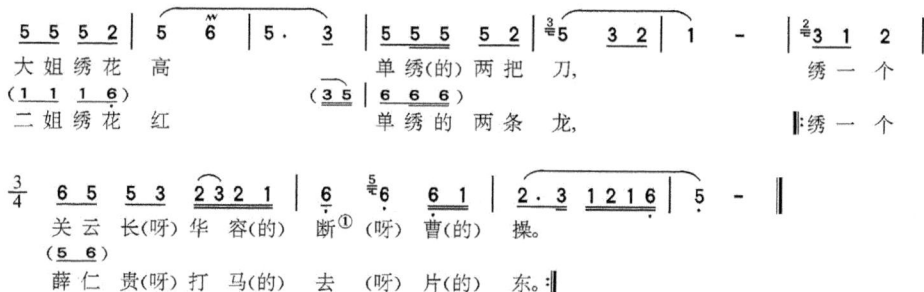

<u>5 5 5 2</u> | 5 6 | 5. 3 | <u>5 5 5 5 2</u> | 5 <u>3 2</u> | 1 — | 31 2 |

大姐绣花 高 单绣(的)两把 刀, 绣一个

(1 1 6) (35 666)

二姐绣花 红 单绣的 两条 龙, 绣一个

$\frac{3}{4}$ <u>65</u> <u>53</u> <u>2321</u> | 6 6 | 61 | <u>2.3</u> <u>1216</u> | 5 — |

关云长(呀)华容(的) 断①(呀)曹(的) 操。

(5 6)

薛仁贵(呀)打马(的) 去 (呀)片(的) 东。

注：① "断"，念 duàn，截住的意思。

探 花

演唱：张玉升

记录：高应智

德江民歌

1=E $\frac{2}{4}$

♩=108

6 6 | i 3 | 2. i | 6 — | i 2 | 12 1 | 1 6 1 | 5 — | 22 i |

辰 时 去 探 花 (吔)， 莫 见 小冤(哎)家(呀哝哟)， (情郎哥)

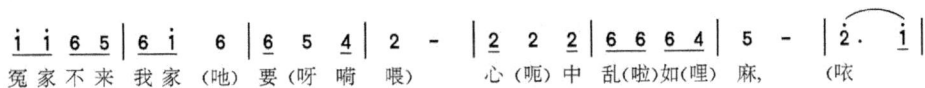

冤家不来我家(吔)要(呀嗬喂)　心(呃)中乱(啦)如(哩)麻,　(哝

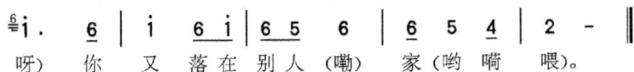

呀) 你 又 落 在 别 人 (嘞) 家 (哟嗬 喂)。

谢茶调

演唱：冉茂平

记谱：颂元

录音：高应智

德江民歌

1=D 2/4

♩=90

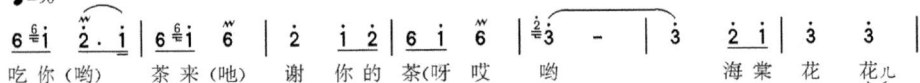

吃你(哟)　茶来(吔)　谢你的茶(呀哎　哟　　　海棠花　花儿

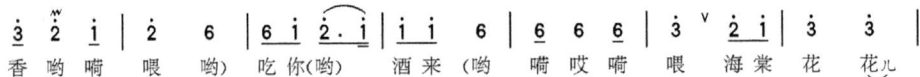

香哟嗬喂 哟)吃你(哟)　酒来(哟　嗬哎嗬　喂　海棠花　花儿

香噢嗬)谢(哟)你酒(噢,　好呵的小情哥哟　喂)。

跨门调

演唱：牟永富

记录：高应智

德江民歌

1=C 2/4

♩=72

那(吔)边　(啦)　才(哎)

到 (吔) 这(呀)边来(哎 呀),

才 剩（哎） 贵（哎）府（呢）开（呀）财（哎嗳）门（哎呀

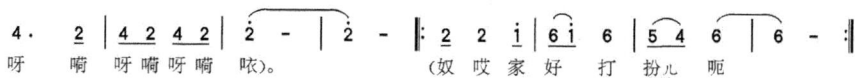
呀 嗬 呀嗬呀嗬 哝）。 （奴哎家好打扮儿呃

4. 2 | 4242 | 2 - | 1 2 1 | 6 - |
呀 嗬 呀嗬呀嗬哝 呀哝哟 喂）。

梳妆调

演唱：陈寿英

记谱：潘国珍

录音：高应智

德江民歌

1=♯C 4/4

♩=120 稍快

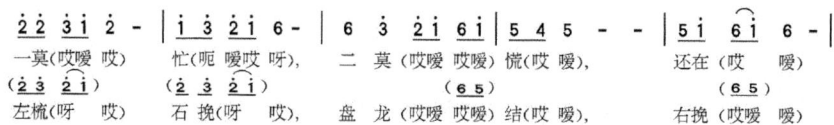
一莫（哎嗳哎） 忙（呃嗳哎呀）， 二莫（哎嗳哎嗳）慌（哎嗳） 还在（哎 嗳）
左梳（呀 哎） 石挽（呀 哎）， 盘龙（哎嗳 哎嗳）结（哎嗳） 右挽（哎嗳 嗳）

娘房（哎嗳嗳）， 呀 嗬悠悠 呀 哝 呀嗬喂） 巧（哎）梳妆（啰悠悠 哟）。
左挽（哎嗳嗳， 呀 嗬悠悠 呀 哝 呀 喂） 茶（哎）花楼（啰悠悠 哟）。

花灯头上色色青

演唱：田光厚

记录：黄明珍

江口民歌

1=G 2/4

♩=78

花灯头 上（嘛）色（呵）色（哺） 青（啰 哦吷 哐 呀哝 哟） 先（那） 生

你请（啥里个）听（那）原（那 吷 哺）因（啰 哝哟 噁嘞）。

附词：

百家姓上哪一姓？龙虎榜上哪一名？

哪个到你头上坐？哪个到你脚下行？

哪个到你青龙首？哪个到你白虎星？

哪个和你背靠背？哪个跟你守大门？

你是哪家的子弟？你是哪家亲外孙？

你吃哪家饭长大？你穿哪家衣出门？

从头一二与我讲，天下算你第一人。

掐蒜心

演唱：吴伯亨

记谱：黄明珍

录音：吴英

江口民歌

月亮出来照梭罗

演唱：胡文英

记谱：工作组
录音：黄明珍
江口民歌

1=F 2/4
♩=78

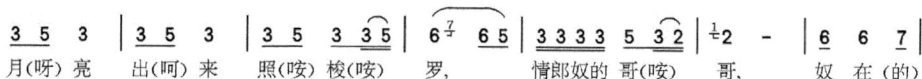

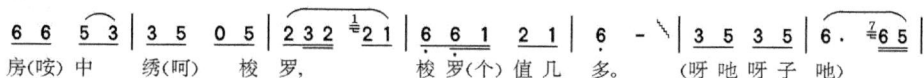

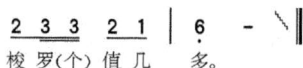

绣荷包

演唱：杨胜杰

记谱：潘名挥
录音：黄明珍
江口民歌

1=E 2/4
♩=72

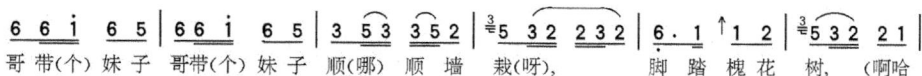

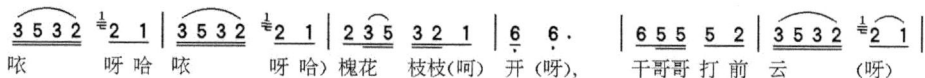

```
2 35 23 21 | 6· 6· | 6 2 0 3 | 6 61 21 | 22 23 21 | 6· 6 1 |
幺 妹妹 随后(呵哈) 来(呀)   江西 的  湖(呵哈) 广  (哎呀)我的 干哥  来(呀)
```

```
2 0 6 53 | 5 32 ‡21 | 2 35 23 1 | 6· 6· ‖
玩  花  灯(哪)  庆贺是 上元(哪)  节(呀)。
```

栀子花

演唱：刘少唐

记谱：黄明珍
录音：张　东
江口民歌

```
1 =♭B  2/4
♩=54
2 35 32↓12 | 3 35 3 2 | 3/4 2 3 21 6 1 1· | 2‡3 2321 2 | 2/4 23 3‡321 |
栀子 (呵)   花(呀 嘞)  靠(那)墙 (呵)栽(呀 呀),      墙矮 花 高 是
```

```
6 156 1 | 23 23 161 | 3/4 6 61 6 53 6 ‖: 2/4 2·3 2 161 | 2321 20 |
现(那)   现(哪)现(哪)出  来(呀 哝 哟 哦   呀哈 哝 呀 呵)
```

```
23 3‡321 | 6 156 1 | 23 23 161 | 6 61 6 535 | 6 - :‖
墙矮 花 高(又是)现(那)  现(那)现(那)出  来(呀 哝 哟  哦)。
```

绾平线

演唱：刘少唐

记谱：黄明珍
录音：张东
江口民歌

```
1 =F  2/4
♩=60
5 5  3 35 | 3/4 ‡6 - 35 | 2/4 2 2 5 22 | 5 321 | 6· - | 6 35 ‡53 0 |
绾(那)平(的个) 线(啰)  十(呵)三(的个) 载(哟  喂),   爹娘 (噢)
```

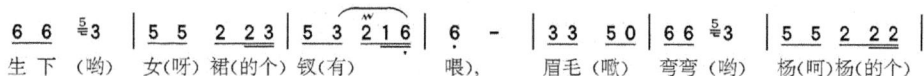

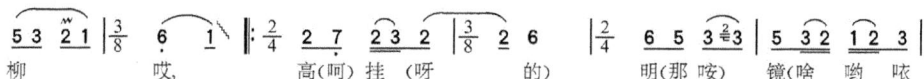

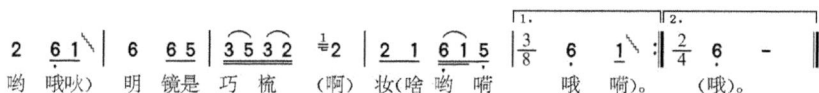

扯扯长

演唱：侯秋香

记谱：黄明珍
录音：杨兴国
江口民歌

1=G 3/4

♩=72 中速稍快

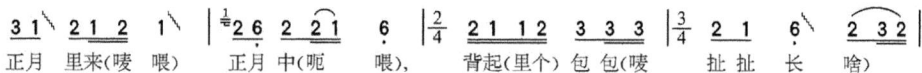

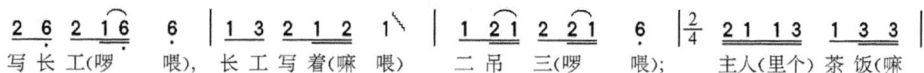

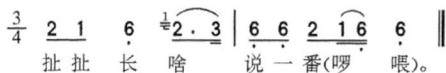

附词：

早晨吃的黄鸭蛋，黑了吃的鲤鱼汤。

帮到一年帮二年，煞贴①担子转回乡。

睡在半夜得一梦，梦见娇妹在伏中。

鸡蛋买得三五包，糯米买得四五升。

请个老的挑鸡蛋，请个少的挑糯米，

一肩挑齐黄茅岭，二肩挑齐娇妹门。

注：①"煞贴"，方言，即收拾、整理之意。

正月逢春好唱花

演唱：杨富林

记谱：黄明珍

录音：吴英

江口民歌

1=C 2/4

♩=60 中速

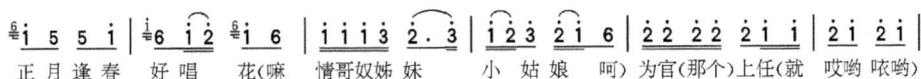

正月逢春 好唱 花(嘛 情哥奴姊妹 小姑娘 呵)为官(那个)上任(就 哎哟 哝哟)

坐旧 衙(唷 情哥奴姊哥 十呵指尖尖 海呀棠花，二呵指尖尖 牡丹花，

九子个尖尖嘛 叮呵叮 咍咍 响嘛 嗨呀棠花，花呀花儿开嘛 牡丹哝子红，

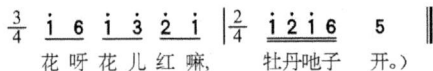

花呀花儿红嘛，牡丹哋子开。)

祝英台

江口民歌

1=G 2/4

♩=60 中速

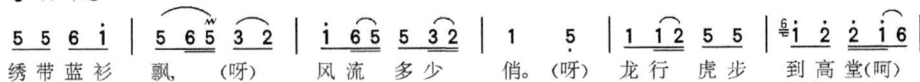

绣带蓝衫飘，(呀) 风流多少俏。(呀)龙行虎步 到高堂(呵)

拜见(哪) 拜见 祝九郎。

一字写来一条龙

演唱：刘少唐

记谱：黄明珍
录音：张　东
江口民歌

附词：

二字写来二条枪，张飞站在古城上，
张飞站在古城内，擂鼓三通斩蔡阳。
三字写来三排街，三家又出女银银，
月满三天去击阵，求出娘娘太子来。
四字封口不留门，黑脸包爷不顺情，
才打梁州发谷米，杀了皇亲国丈人。
五字写来正五方，好似五马下教场，
三国本是人造反，逼死霸王在乌江，
霸王逼死乌江内，八千子弟各分赃。

劳动号子

乌江横艄号子

演唱：田荣生

记录：王纯孙

沿河民歌

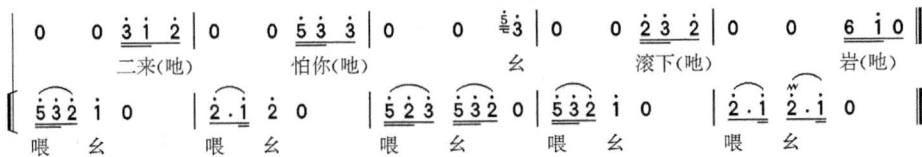

二来(吔)　　怕你(吔)　　　幺　　滚下(吔)　　岩(吔)

喂幺　　喂幺　　喂幺　　喂幺　　喂幺

撬石号子

演唱：张习珍

记录：田贵忠　王纯孙

沿河民歌

1=B 3/4

♩=48

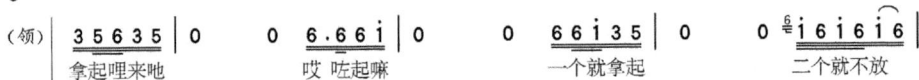

（领）　拿起哩来吔　　哎 咗起嘛　　一个就拿起　　二个就不放

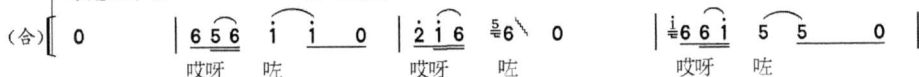

（合）　哎呀 咗　　哎呀 咗　　哎呀 咗

嗨 咗起哟　　这几的手啦　　上来的了呵

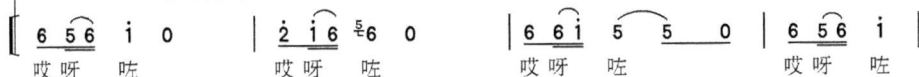

哎呀 咗　　哎呀 咗　　哎呀 咗　　哎呀 咗

乌江平水横艄、拉纤号子

演唱：田贵金等

记录：田贵忠　王纯孙

沿河民歌

1=B 2/4

♩=60

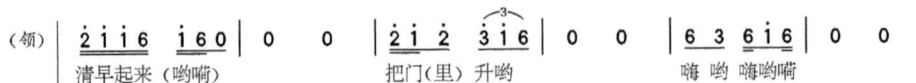

（领）　清早起来（哟嗬）　　把门（里）升哟　　嗨 哟 嗨哟嗬

（合）　　　　嗨 嗨　　　　嗨 嗨　　　　嗨 嗨

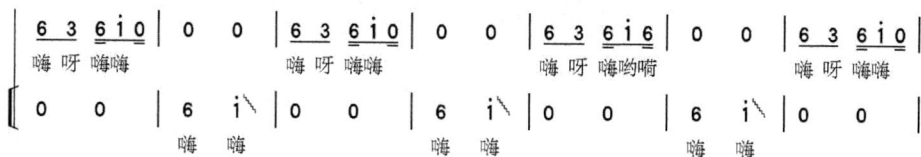

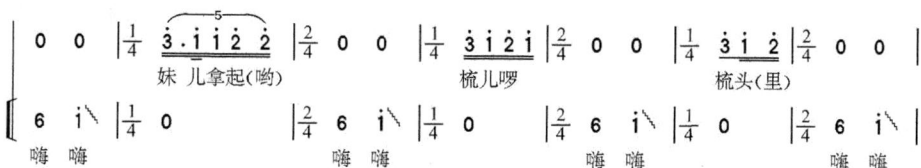

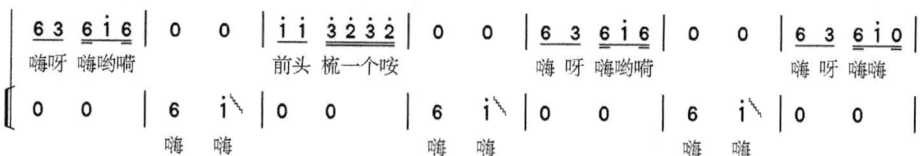

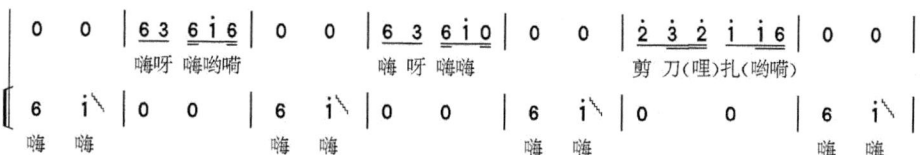

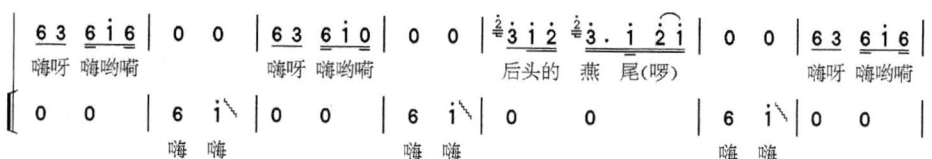

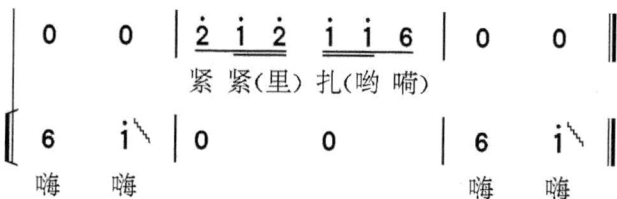

轻轻喊号不坏腔

演唱：明录兴

记录：陈小勇

松桃民歌

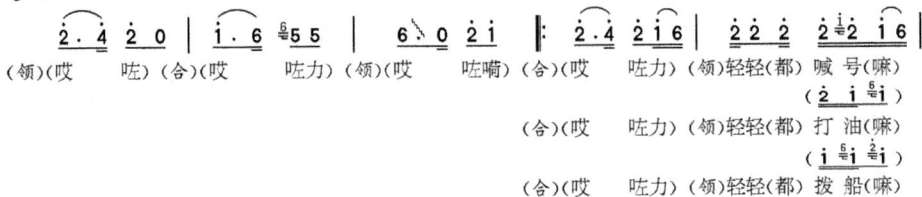

1=C 2/4

♩=52

(领)(哎 咛)(合)(哎 咛力)(领)(哎 咛嗬)(合)(哎 咛力)(领)轻轻(都)喊 号(嘛)
(合)(哎 咛力)(领)轻轻(都)打 油(嘛)
(合)(哎 咛力)(领)轻轻(都)拨 船(嘛)

(合)(喂呀 咛力)(领)不(呵)坏腔(哟)(合)(哎 咛力 哎 咛嗬)。
(合)(喂呀 咛力)(领)不(呵)坏房(哟)(合)(哎 咛力 哎 咛嗬)。
(合)(喂呀 咛力)(领)不(呵)坏桨(哟)(合)(哎 咛力 哎 咛嗬)。

拉木歌

演唱：陈天信等

记录：陈小勇

松桃民歌

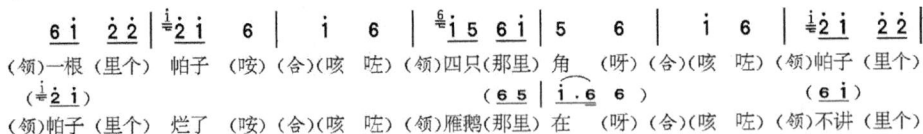

1=D 2/4

♩=92

(领)一根(里个) 帕子 (唉)(合)(咳 咛)(领)四只(那里)角 (呀)(合)(咳 咛)(领)帕子(里个)
(领)帕子(里个) 烂了 (唉)(合)(咳 咛)(领)雁鹅(那里)在 (呀)(合)(咳 咛)(领)不讲(里个)

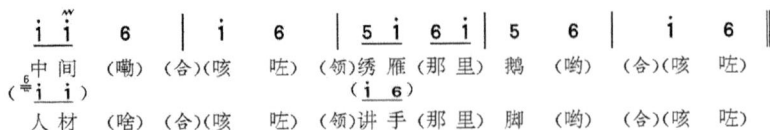

中间 (嘞)(合)(咳 咛) (领)绣雁(那里)鹅 (哟) (合)(咳 咛)
人材 (啥)(合)(咳 咛) (领)讲手(那里)脚 (哟) (合)(咳 咛)

抬石号子

印江民歌

1=C 2/4
♩=72

（领）两边是架起（合）（哎喂哟咗咧）（领）（哎呀子）梭丽梭

（合）后头的往前拖（领）（哎喂是咗喂）（合）（吹喂哟嘀咗咧）。

油来了

演唱：吴洪昌

记录：刘朝生

思南民歌

1=E 2/2
♩=48

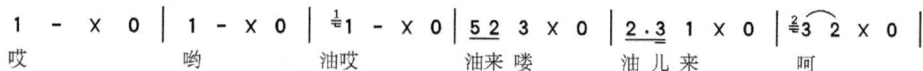

哎　　哟　　油哎　油来喽　油儿来　　阿

哎 咋里　哎 哎　哎来来　阿来喽　油来喽　油儿来

阿　　阿 榨里　阿 哎　阿来 来　阿来 喽　阿来 喽

乐曲说明：曲中"×"标记为撞榨声。

情姐下河洗衣裳

（乌江船工流水号）

演唱：刘观照等

记谱：邓光华

录音：汤岳

思南民歌

我家当门有棵槐

（乌江船工钩船号）

演唱：袁宗叙等

记谱：邓光华

录音：汤岳

思南民歌

高滩号

（乌江船工号）

演唱：刘观照等

记谱：邓光华
录音：汤岳
思南民歌

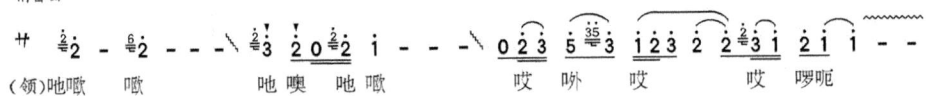

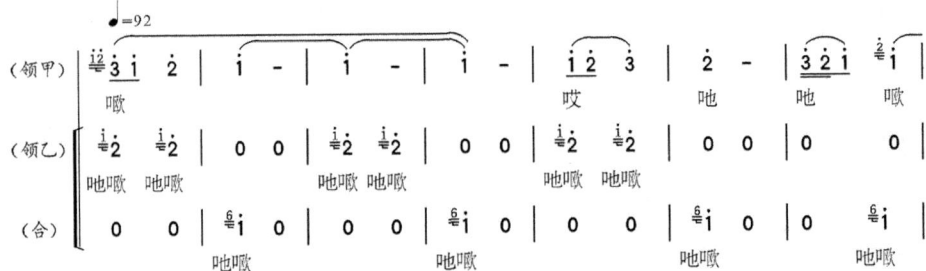

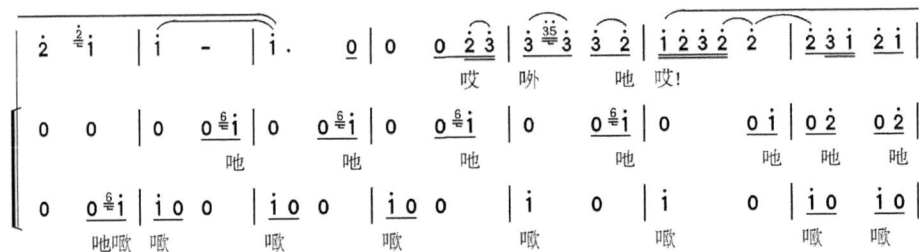

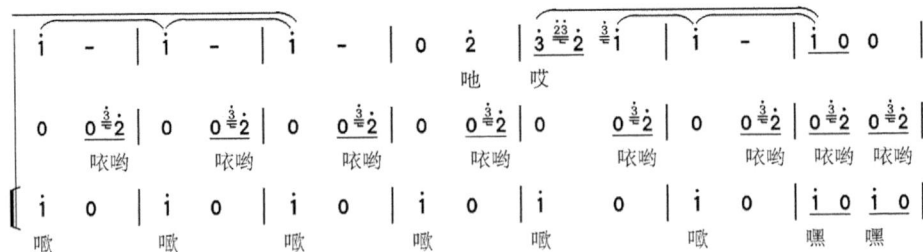

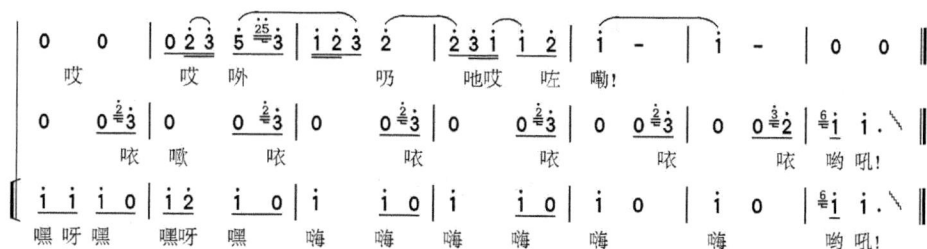

锦江船工摇橹号子

演唱：田兴邦

记录：强健

铜仁民歌

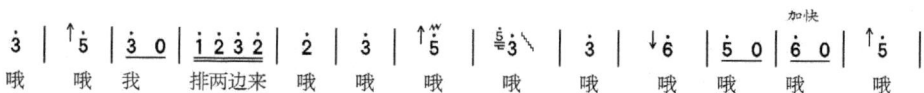

大石王来小石磴

（撬石号）

演唱：石维顺等

记录：高应智

德江民歌

$1=♭E$ $\frac{2}{4}$

♩=96

```
6  26 | 16 53 | 66 24 | 6.4 5 | 54 5.6 | 22 42 | 2 2 1 |
```
（领）（桃 花呀 柳叶 红呵）（合）（咳呀 一闪 咗 咧）（领）大石（吔） 王来（哟嗬）（合）（喂 呀 嗬

```
2.1  6 | 1 2 66 | 2 16 53 | 6.1 2 | 16 53 | 6.1 2 |
```
咗 咧）（领）小（呵）石磴（啰嗬 喂呀）（合）（桃 花 柳叶 红呵）（领）（桃 花

```
1 66 53 | 56 24 | 6.4 5 ‖
```
柳 叶里 红 呵）（合）（咳 呀啦 一闪 咗 咧）。

撬石歌

德江民歌

$1=♭E$ $\frac{2}{4}$

♩=66

```
2.3 21 | 2 21 166 | 2 21 1666 | 1.6 165 | 16 2 1655 |
```
（领）（呀 喂 扎 咧）（合）（喂呀 咗 咧）（领）（喂呀 咗 咧呀）（合）哟嗬 咗 咧）（领）（喂 呀 咗 咧呀

```
66. 21 | 6 056 21 | 2.3 21 | 22 3 21 3 | 2 21 166 |
```
（合）（喂呀 咗）（喂 呀 咗）（合）（喂 咗咧）（领）这两（就）手来（嘛）（合）（喂呀 咗 咧）

```
1 2 11 16 62 | 1.6 165 | 1 602 1655 | 66. 21 | 6 056 21 |
```
（领）又拉又肯 走 （吔）（合）（吔 咗 噜）（领）（吔 喂 在 咧呀）（合）喂呀 咗）（领）（喂 呀 咗）

```
2.3 21 ‖
```
（合）（咳 喂咗）。

弟子劝你早动身

（撬石号）

演唱：胥全涛

记录：高应智

德江民歌

1=F 2/4

♩=120

2 5 6 | 5 4 2 2 | 2̇ 2̇ 1̇ | 2̇.1̇ 6 | 1̇ 2̇ 6 2̇ 1̇ 6 | 5 |

（领）大 石（们） 王（哎）来（吧） （合）（喂 呀 咳 咗 嘞） （领）小（哎）石 磴（啰） 喂）

6 2̇ | 6 6 5 4 | 6 6 2 4 | 5 6 5 | 5 4 5.6 | 6 5 4 2 | 2̇ 2̇ 1̇ |

（合）（吧 喂 喂吧 咗嘞 幺妹 墙上 坐（哎） （领）弟子（吧 哎）劝（啰）你（吧） （合）（喂 呀 嘀

2̇ 2̇ 1̇ 6 | 1̇ 2̇ 6 | 2̇ 1̇ 6 5 | 6 2̇ | 6 6 5 4 | 6 6 2 4 | 5 6 5 |

咗嘀 嘞）（领）早（哎）动 身（啰） 哦）（合）（吧 喂 喂呀咗嘞 幺妹墙上 坐哎）。

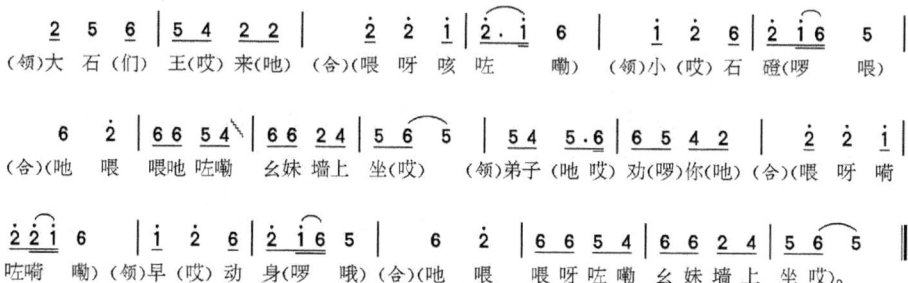

石王大了人工稍

演唱：石维顺等

记录：高应智

德江民歌

1=♭B 2/4

6.5 6 5 | 3 2 3 | 3 3 2 1 2 | 3.1 2̇ | 1 1 2 3.2 | 2̇ 3 2̇ 1̇ 6 |

（领）（呀 是 呀喂 咗 嘞）（合）（喂呀 一闪 咗 勒）（领）好生（呃） 拉（吧）住（嘛）

1.6 1 2 | 6.5 6 | 1̇ 2̇ 1̇ | 1̇ 6 5 6 | 6 6 5 | 3.2 3̇ |

（合）（吧 是吧喂 咗 嘞）（领）这 两（哩）手（呀嘀 嘀）（哎）（哎呀 喂咗 嘞）

1 1 6 5 | 3.2 3 | 3.2 1 2 | 3.1 2̇ | 1 1 2 3.2 | 2̇ 3 2̇ 1̇ 6 |

（领）（哎呀 吧喂 咗 嘞）（合）（喂呀 一闪 咗 咧）（领）石王（哎） 大（吧）不（嘛）

1.6 1 2 | 6.5 6 | 1̇ 0 2̇ 1̇ | 1̇ 6 5 6 |

（合）（吧 是 吧 咗 嘞）人 工（哩） 稍（呀嘀 喂）。

注：①"稍"，即撬的意思。

太阳出来照白岩

（乌江船工开船号）

演唱：黎世魁　黎启厚

记谱：罗　斌　邓祖纯　邓承群

录音：高应智　黎世宏

德江民歌

注：① "打哟"，此处演唱录音不清，这里记的是谐音（下同）。

　　② "水份儿"，方言，水汪汪的，形容美丽。

清早起来不新鲜

（乌江船工开船号）

演唱：王新义
记谱：黄明珍
录音：杨兴国
德江民歌

1=D 2/4

♩=60 稍自由

(领甲) | 5 5 | 3̇5̇3̇ 2 | 3/4 3̇2̇3̇ | 1̇2̇ | 1̇ 1 0 | 2/4 0 0 | 0 | 0 |
下山 是① 哎 噢

(领乙) | 0 0 | 3/4 3̇3̇. | 1̇2̇1̇6 133 332 | 2/4 1̇ | 02̇ | 1.2̇15.113 32 |
清早 起来 不新鲜(哟) (哟嗬) (噢)打 个火念 吃杆烟(啰

(合) | 0 0 | 3/4 0 | 0 0 | 2/4 1̇ | 0 | 0 |
(哟嗬)

| 0 3̇ | 5̇3̇2̇ 3. 7 2̇5̇ 3̇ | 5̇3̇ 2 | 0 | 0 | 0 | 0 |
(噢) (哟嗬)

| 1̇ | 0 | 2̇3̇ 3̇1̇2̇ 1̇2̇1̇2̇ | 3̇2̇ 1̇ | 02̇ | 1.2̇15 131̇2̇ | 1̇ | 0 |
哟嗬) 烟杆(那)还在 铜匠铺 (哟嗬) (噢) 火 念还在 铁匠炉 噢 哟嗬)

| 1̇ | 0 | 0 | 0 | 1̇ | 0 |
(哟嗬) (哟嗬) (哟嗬)

注：①此处唱词不清，系记谐音。

大家用力把石撬

演唱：周　清　刘秀云

记谱：黄明珍
录音：杨兴国
江口民歌

1= 2/4

♩=78

| 2̇.3̇ 1̇2̇ | 3̇ 2̇ | 5.2̇ 3̇ | 1.2̇ 3̇ | 5.2̇ 2̇ | 66 1̇2̇1̇ | 2̇ | 3̇ | 2̇ |
(领)(哎 呀洋的 咋 吹)(合)(喂 呵 咋 喂)(领)喂 呀 劳全 没溜① (哎 呀 嗨

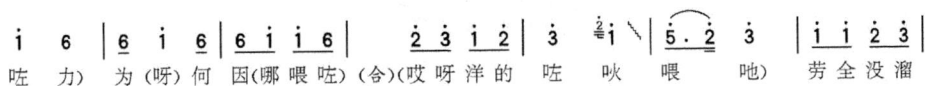

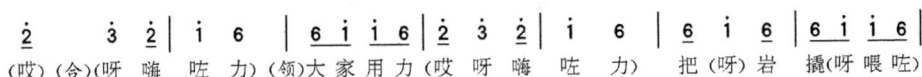

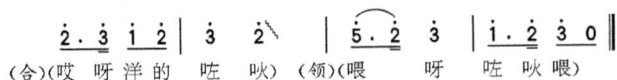

注：①"劳全"，即完全，"溜"念 liù，动之意，"劳全没溜"即根本不动之意。

起山号

演唱：侯学海

记谱：黄明珍

录音：杨兴国

江口民歌

1=F 2/4

♩=102

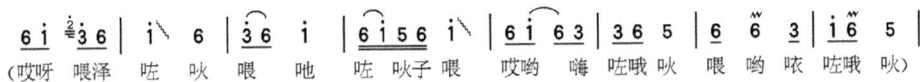

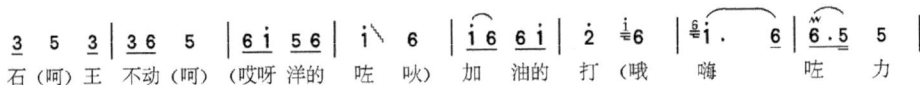

灯龙花裹脚

演唱：王新义

记谱：黄明珍
录音：杨兴国
江口民歌